外交官のア・ラ・カルト

――文化と食を巡る外交エッセイ

外交官のア・ラ・カルト

――文化と食を巡る外交エッセイ

一人息子の帰国を待ちわびていた熱海の両親、三〇年間寄り添って支えてくれた妻陽子、
そして優しく健やかな娘に成長し、就職していく綾香に捧ぐ。

目次

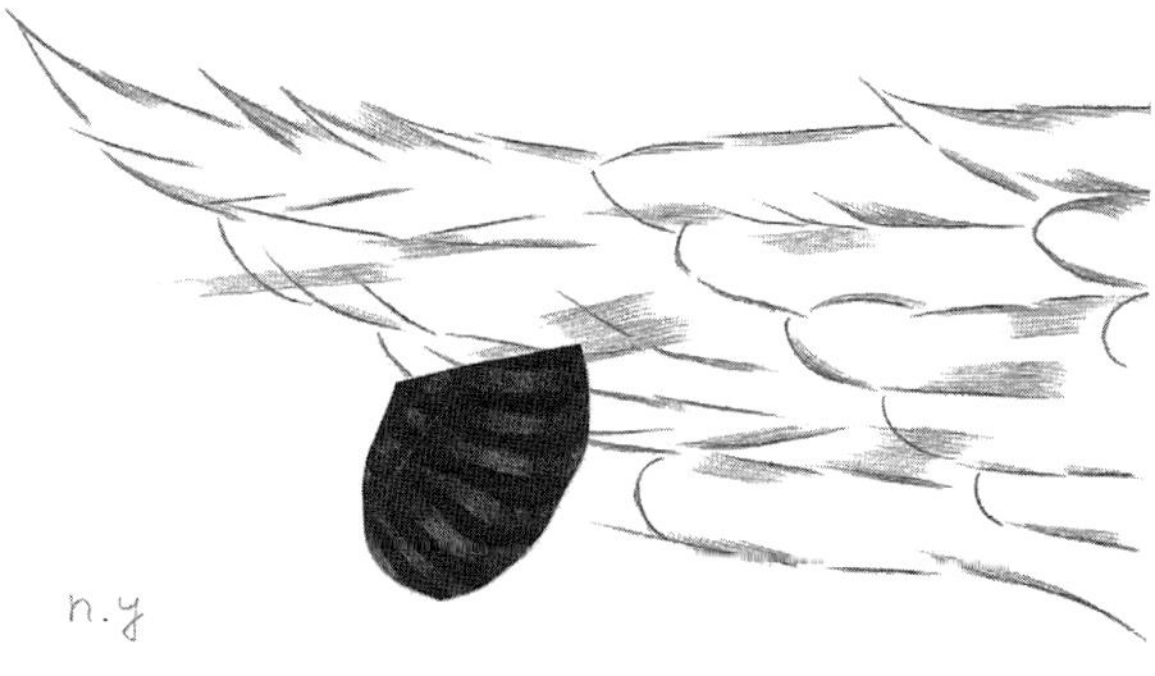

装丁・画　柳澤紀子

外交官のア・ラ・カルト

ジビエと狸汁

パリ一七区にある小さなジビエ専門店。秋になると、イノシシ、野鳥、鹿などを出してくれる。肉は少々筋っぽくて固いが、これぞ野生の味であり、嚙み締めているうちに確かに「肉を食べた」という気になる。二〇〇六年九月にユネスコ大使としてパリに着任したばかりだが、時々無性に来たくなる店のひとつだ。国際会議で欧米人と交渉するには、どうしても野生の肉がもつエネルギーが必要になる。

ジビエとは、空を飛ぶものを狩るというガリア人の言葉が語源らしい。狩猟民族たるフランス人にとっては、秋は自己確認の季節なのかも知れない。サン＝テグジュペリの『星の王子さま』に出てくる狐は、王子の住む星には狩人がいないと知ると関心をもつが、自分が狩る鶏もいないと知るとがっかりする。

店内を見渡すと、鹿やイノシシの頭に混じって、なにやら見たことのある、愛嬌のある動物の剝製が立っている。狸だ。「えっ、フランス人は狸も食べるの?」と改めてメニューを見たが、そこには登場していない。実はその前日、日本大使館の広報文化センターで観た狂言の出し物が『隠狸《かくしだぬき》』だったのだ。太郎冠者《かじゃ》が主人に内緒で狸を釣っている(当時は狸は釣るものだったらしい)ことを知って、主人は一計を案じる。彼は「狸汁をふるまうといって人を招いてしまった。すぐ市へ行って買って参れ」と言う。そして市に先回りし、たまたま前夜釣ったばかりの大狸を売りにきた太郎冠者に酒をたらふく飲ませ、踊らせて、隠していた獲物をとってしまうという話だ。それを観たとき、果たしてフランス人は狸を知っているだろうかという疑問が湧いた。まさにその翌日、フランスの狸にお目にかかれたのだ。

早速家に帰って調べたが、フランスの文献にはジビエの代表として狸は出てこない。朝市《マルシェ》で見たこともない。ジビエとしてだけでなく、そもそも狸はフランスではあまりお馴染みではなさそうだ。童話や寓話にも登場した記憶がない。

動物は古来人間の友であり、敵であり、餌であった。そして人間の様々な性格を風刺する重要な役割を演じてきた。逆に言えば、ある動物がいつから、どのような性格のものとして描かれているかで、その社会の特徴が分かる。狸のライバルの狐は古今東西至るところに登場する。前述の『星の王子さま』の狐は、「肝心なものは目には見えない」と王子を諭す賢者の役割を担っているが、これは例外的で、欧州では一般的にずる賢さのシンボルだ。日本ではすでに『万葉集』にその鳴き声が登場するが、お稲荷さん信仰などの好意的扱いから、鳥羽上皇に仕えた絶世の美女・玉藻の前の正体である九尾の狐のような邪悪な化け物まで幅が広い。

狸を表すフランス語〝blaireau〟は一四世紀以来存在するそうだが、この語が象徴するものは、「愚か」「不器用」など芳しくないものばかりだ。狩猟民族にとっては、短足でのろまなものへの同情はないのだろうか。他方日本で狸らしきものが初めて登場するのは『日本書紀』である。推古天皇三五年の春二月に、「陸奥国《みちのくのくに》に狢《うじな》有りて、ひとに化《な》りて歌うたふ」とある。狸とムジナの区別がなかった時代であるが、既に人を化かすものであったようだ。

日本では狸も人に悪さをするものから恩返しをするものまで幅が広い。短足やもたもたした仕草も「愛嬌」と映る。狂言『隠狸』は、太郎冠者のお人好しをテーマとするほのぼのとした狂言だが、これが狸でなく狐では独特の味わいが出ない。悪い狸の代表は『かちかち山』の狸で、本来のストーリーではおじいさんのために「狸汁」を用意していたおばあさんを殺してしまう。狸が反省して仲直りするという話は、教育効果を考えた戦後の修正らしい。「寓話集」を教訓にできるのは大人だけで、子供にはかえって悪徳を教えてしまうというJ・J・ルソーの考え方に通じる（『エミール』）。しかしそれではディズニー映画のようなハッピー・エンドに徹し、人の悪という現実を教えなくて良いのだろうか？

他方日本の狸は良いこともする。『文福茶釜』や落語の『子狸』の狸は人に恩返しする。日本に鳥や動物の恩返しの話が多いのは、日本人と動物の距離が近いからだと思っていたが、他の民族にもあるようだ。グリム童話には、蟻と鴨と蜂が、助けてくれた王子の恩に報いる話がある。

日本では古来から狸を食べていたらしいが、本物の狸を使った狸汁は近世前半までで、以後はこんにゃくを替わりにしている由だ。ガンモドキならぬタヌキモドキというところか。今の狸汁のレシピーを総合すると次のようになる。

手でちぎったこんにゃくを茹で、乱切りした人参と大根と共にごま油で炒める。だし汁を加えて煮、味噌を溶き入れ、ささがきにした牛蒡、ねぎのぶつ切りを入れる。生椎茸や生姜を加えても良いようだ。

残念ながらフランスの森には狸はいない。こんにゃくも生えていない。とすればパリで狸汁を味わうことはできない。ただ、狸が全くいない訳ではない。ユネスコの会議場、ロビー、カフェテリアなどに行くと、さまざまな狸が英語やフランス語を話している。金髪の狸もいる。各国の大使たちだ。でっぷりした狸おやじもいる。会議中に都合が悪くなると狸寝入りする大使もいる。夜の交渉になると俄然元気になる夜行性の狸は少なくない。殆どの大使はクリスマスが近づくと冬眠する。先日の会議で助けてやった狸は、果たしていつか恩返しをしてくれるだろうか。外交は国のかけひきだが、大使相互の個人的信頼関係は重要だ。

ユネスコでは最近、会議での各代表の一般演説の時間制限を守らせるために、制限時間の八分が過ぎると音楽が会場中に鳴り出すようにした。音は次第に大きくなる。嫌でもスピーチを止めざるを得なくなる。その曲をどこの国の音楽にするかで時々もめるという。いっそ「証城寺の狸囃子」にしてはどうだろうか。

（二〇〇六年一二月）

パリの七草

クレソン、菜の花、タンポポ、ルッコラ、マーシュ、すずな、人参の葉。これらを「パリの七草」という。私の家だけでの話である。

一月七日、パリ在住の日本の文化人の方々を公邸にお招きした。外交と文化の関係につきご意見を伺うためだ。議論は深夜まで続いた。この会合は苗字のイニシャルをとって「パリKサロン」という。たまたま松の内最後の日だったので、「芹、ナズナ……」と子供の頃覚えた春の七草粥をお出ししようと思ったが、食材がない。そこでコックさんに朝市《マルシェ》で選んでもらった。それが「パリの七草」である。

七草粥は、初春に七種の若菜を食べて無病息災を願うものだが、古くは『延喜式』に、コメやヒエなど穀物の七種《くさ》粥を一月一五日に天皇に供えたとある。他方雪の間から顔を出す、生命力の象徴である若菜を摘んで羹《あつもの》にして食べる習慣があり、それが人日《じんじつ》と呼ばれる中国の節供である七日に行われるようになった。これは占い初めの日である。六朝時代の『荊楚《けいそ》歳時記』にも「正月七日を人日となす、七種の菜を以て羹を為《つく》る」とある。これらが一緒になり、江戸時代に公式な五節供のひとつとなった。

七草の種類は時代と地域によって異なるが、現在の七草の名は一四世紀の『河海抄《かかいしょう》』に初めて現れる。六日の夜に若菜を摘み、俎板に載せて「七草なずな唐土の鳥が日本の土地に渡らぬ先に……」という囃《はや》し歌を歌いながら包丁などで叩き、お粥に入れる。一種の鳥追い歌で、「唐土の鳥」は『荊楚歳時記』の「正月夜多く鬼鳥渡る」に関係あるという説もある。『枕草子』には、「七日、雪間の若菜摘み、青やかにて、例はさしもさるもの、目近からぬところに、持てさわぎたるこそ、をかしけれ」とある。

室町時代の『七草草子』に七草の効用についての話がある。唐の時代にある青年が老いた両親の長生きを祈祷していると、帝釈天が降りてきて、須弥山《しゅみせん》に住む白鵞鳥が春の初めに七種《いろ》の草を食べるので八千年の寿命をもつと教える。彼は早速七草を採って両親に与え、若返らせる。それを聞いた当時の帝は感激して位を譲ったと言う、親孝行を説く話である。今はスーパーで「七草粥セット」を売っているらしいから、沢山の親孝行息子が生まれるはずだが……。

他方一月七日は、フランスではエピファニー（「公現祭《こうげんさい》」または「主顕節《しゅけんせつ》」。ギリシャ語で「出現」の意）という祭日だ。由来は古く、『聖書』の「マタイによる福音書」に、イエスが生まれたとき、東方の博士たちが星に導かれてベツレヘムに赴き、イエスに贈り物をしたという話があるが、それが一月六日である。神がイエスを通して人の前に現れた最初の日として、キリスト教徒にとってはクリスマスよりも重要な日とされている。フランスでは祝日を一月の第一日曜に変えた（従って二〇〇七年は七日）。クリスマスから一二日目に当たるが、この期間は冬至のあと太陽が力を蓄えるのに必要な期間であるとか、太陰暦と太陽暦の誤差（約一二日）を埋めるためなどの説がある。一月六日は、古くは自然や再生を象徴するギリシャの神ディオニソス（ローマではバッカス）を祭る日であった。

『聖書』にはこの博士の名前も人数も出てこないが、中世のある時期に三人になり、名前もメルキオール、バルタザール、カスパールと決まった。三人になったのは、『聖書』にも出てくるイエスへの贈り物が、黄金、乳香、没薬《もつやく》の三つであること、三位一体の思想、三大陸（欧州、アジア、アフリカ）を代表することなどが背景にあるとされるが、三という数字そのものが特別な意味を持ったのだろう。博士はマギと呼ばれるが、これはゾロアスター教の祭司の呼称で、後の魔術（マジック）の語源になった。

フランスでは一四世紀以来家族がこの日に集まって、「ギャレット・デ・ロア」というパイ・ケーキを食べる。中にひとつの小さな陶器の人形（「そら豆」と呼ばれる）が入っている。ケーキを切る間に、一番年下の子供がテーブルの下に潜り、どの一切れが誰のものかを告げる。もらった一切れに人形が入っている人はその日の王（女王）になり、紙の王冠をかぶる。

もともと本物のそら豆を入れていたが、一八七五年に人形になった。古代ローマ時代、収穫祭に当たり、そら豆を使って指導者を決めたり、友人や領主にケーキを贈った。ペローの『ロバの皮』という童話では、貧しい暮らしをしている王女が、王子に捧げるケーキの中にそっと指輪を忍ばせたという話がある。こうした言い伝えが重なって、ケーキと人形の慣習が生まれたのだろう。ケーキは人数分より一切れ余分に切り、それを最初に出会った貧しい人にあげるとか、戦場に行っている息子や、船乗りの父のためにとっておくという習慣もあったという。ギャレットは、アーモンドやバターをたっぷり使ったデザートで、かなりカロリーがあるし、日持ちもする。厳しい冬場を凌ぐ知恵のひとつなのだろう。

このように、一見相互に全く関係のない儀式や慣習の間にも、神への畏敬の念、新年に際しての豊作や健康への祈り、占い、親孝行や家族の絆など、宗教的・民族的違いを超えた共通点がある。ひとつの慣習に異なる伝統が混ざっていることも少なくない。またどこでも三や七など数字が重要な役割をもっている。現世利益のみを追い求めている現代日本人も、数値による組織の業績評価に追われるなど、依然として数字の魔力に操られているようだ。

外交交渉では、しばしば考え方や慣習の違いが対立と誤解の原因になる。そういう時はその更に奥にある歴史的、文化的背景を知っているか否かが重要になる。一見異なる習慣の裏に隠れている共通の考え方を見出して、理解を深め合い、交渉の妥結に貢献することが、現地に駐在する外交官の重要な責務のひとつなのである。

（二〇〇七年一月）

クスクス

気になることがあると、目覚ましが鳴る一〇分前に突然目が醒める。その朝もそうだった。その日公邸でランチを予定していたが、しばらく前に、招待しているあるお客の中に、ユダヤ教徒で食事の戒律を厳格に守る人がいると聞かされていたことを突然思い出したのだ。もしその人がその日のお客だったら、直ちにコックさんに頼んでメニューを変えてもらわなければならない。慌てて秘書に電話した。心配は当たらず、ほっとしてシャワー室に向かった。

宴会とはどの民族でも、もともとは一種の宗教行事であった。神に供えたものを人々が分かちあって食べることを「共食」というが、これにより神と人、人と人の一体感を味わう。『日本書紀』にも出てくる相嘗祭《あいなめのまつり》では、祭りの司祭者、氏子が神前で神に捧げたものを食べる。それが次第に神さまそっちのけで人間だけが集まって飲み食いするようになったようだ。しかしこの起源からも分かるように、一緒に食事をするということは、古くから家族や仲間であること、主従関係の確認など、重要なコミュニケーションの手段であった。

ホメロスの『イリアス』では、ある戦士が、トロイアの戦場で出会った敵将が、かつて自分の祖父によって二〇日間のもてなしを受けた相手の孫であることを知って、闘いを止める話がある。タキトゥスは、古代ゲルマン民族においては、「仇敵をたがいに和睦せしめ……さらに平和につき、戦争について議するのも、また多く宴席においてである」と述べている（『ゲルマーニア』）。人と人との間の信頼関係が大きな役割をもつ外交において、ランチやディナーが欠かせないのはこうした理由による。忙しい、お腹の調子が……などと言ってはいられない。

動物と違い人間の食事では、食べ物が口に入る過程で調理法、戒律などの「文化行為」が介入する。その結果外交における食事では、慣れ親しんだ仲間との食事と違って、文化の違いに基づくお客の食習慣を予《あらかじ》めよく知っておかねばならない。

冒頭で述べた日、朝食をとりながら急いで『旧約聖書』の『レビ記』を読んだ。どの生き物を食べてよいかにつき主がモーゼに言われたルール（動物であれば蹄《ひづめ》が割れていて、かつ反芻《はんすう》することなど）を知って、その詳細な命令に愕然とした。『出エジプト記』に「野で裂き殺されたものは食べてはならない」とあるので、肉の処理法にも制約がある。「ジビエ」はだめなのだ。また「子やぎをその母の乳で煮てはならない」との記述が出てくることから、ユダヤ教徒は乳製品と肉は同時に食べない。「チーズバーガー」もダメなのだ。食べても良いものを「コーシェル」というが、当日の朝いきなり言われたのでは、コックさんは到底コーシェル・メニューをつくれなかったであろう。

食の規律はどの民族にもある。イスラーム教では豚を、ヒンドゥー教では牛を食べてはいけないことはよく知られている。仏教では古来、肉は不浄なものとして否定してきた。天武四年（六七五）の殺生禁断の詔勅《しょうちょく》では牛、馬、犬、猿、鶏の肉を食べることが禁じられている。

国際会議で主催国が一番気を使うことのひとつが食事だ。食習慣の異なる代表たちを等しく満足させ、会議の帰趨《きすう》を左右する非公式なコミュニケーションを円滑にしなければならない。ユネスコの会議でアルジェリアに出張したとき、出てきたものは「クスクス」であった。北アフリカ地方の主食で、小麦の粗挽粉に水をふくませてそぼろ状にしたものを蒸し、野菜スープと羊肉をかけて食べる。特別の二段鍋を使って、下の鍋でスープを煮、上の鍋でクスクスを蒸す。実においしかった。そして、如何なる宗教も羊肉を食べることを禁じていないことに気づいた。パリに帰って早速クスクス専門店を捜した。沢山ある。ユダヤ教徒用のコーシェル・レストランも二〇〇軒あるという。東京は国際都市であると胸をはって言えるのだろうか。

羊は日本ではなじみが少ないが、人類の歴史における羊の地位は重要だ。古くはラスコーの壁画に登場するし、新石器時代には家畜化されたらしい。その毛、肉、乳、毛皮など羊は多目的に利用できるので、世界各地で飼育、重用されてきた。ラテン語で財貨を表す〝pecunia〟は、羊群〝pecus〟という語から派生したそうだ。

ただし羊の雄は繁殖能力があまりに強く、雌をめぐる争いが群れの安定を損なうので、地中海から中近東に至る地域の牧羊民は、雄の頭数を制限するために生後二〜三カ月の雄を大量に屠殺してしまう。イスラエルの民がモーゼに率いられてエジプトを出るとき、子羊の血を入り口の柱に塗ることで、エジプトを討つ主がその家を過ぎ越したことに由来するユダヤ教の過越《すぎこし》の祭で、その年に生まれた雄の子羊を食べる習慣はここからきているらしい。また宮下規久朗氏は、キリストが「最後の晩餐」で食べた主食は、絵画を見る限りでは魚が多いが、実際には「過越の料理である子羊を食べたと考えるのが自然」と述べる〈『食べる西洋美術史』)。イスラーム教でも、ムハンマドの言葉の記録である『ハディース』の「食物」の章で一番多く出てくる食べ物はなつめやし(三一回)とパン(二〇回)であるが、肉では圧倒的に羊肉(一六回)である。人を招くときは羊を出せばほぼ間違いないということだ。クスクスでも良いし、しゃぶしゃぶでも良い。羊は昔から人類の社交・外交に多大なる貢献をしてきたのだ。

食事の何気ない作法や戒律の奥には、合理性とともに民族の誇りや、自分の信仰・帰属感の確認があり、譲れぬアイデンティティーがある。それを理解し尊重しあうことで相互の信頼が増し、世界を分断から救うことができる。

最近長く務めたイラン大使の送別ランチの席で、インドの女性大使が大皿を左手で持って正面のイラン大使に手渡そうとし、あわてて右手に持ち替えた。イスラーム教では左手は不浄の手であることを、インド大使は瞬時に思い出したのだ。イラン大使はにっこり頷いてその皿を受け取った。

(二〇〇七年二月)

断食

これまで「食べる」話を書いてきた。今回は「食べない」話をする。

着任直後の二〇〇六年秋のことである。何人かの大使が寄ってきて「残念ながら三日後のランチには伺えない」と済まなそうに言う。ユネスコで年二回開かれる執行委員会の前に、日本大使が松浦晃一郎ユネスコ事務局長とアジア太平洋グループの大使たちの間の意思疎通を画るために主催するランチのことだ。そのうちある大使が、「その日からラマダーンが始まるので……」と釈明をした。そうだったのか。そういえば辞退してきたのは皆イスラーム諸国の大使ばかりだ。

あわてて対策を考えた。すべての大使に来てもらうには、ラマダーンが始まる前に実施するか、食事なしの会議にするかしかない。しかし今更日程を変更して、「明日来い」という訳にはいかない。またこの会合は単なる会議ではなく、食事をしながら非公式に仕事の話をするという、特別の形式にしなければならない外交上の事情があった。考えあぐねた末、公邸のサロンで非公式の意見交換をし、終了したらイスラーム諸国大使は何事もないかの如く去り、他の大使たちは隣のダイニング・ルームに用意してあるビュッフェを取りに行き、イスラームの大使が帰った後のサロンに戻って食べるというアレンジにした。結果はうまく行き、イスラームの大使たちから感謝された。

ラマダーンとは、イスラーム暦（陰暦）の第九番目の月のことだ。ムハンマドが神の啓示を受けた「聖なる月」とされ、コーランは一カ月間の断食を命ずる。信仰告白、礼拝、喜捨、一生に一度のメッカ巡礼と共に、神への奉仕のひとつだ。毎日、日の出から日没まで一切飲食をとらない。その初日にランチに招くなどもっての外だ。

断食とは、人間が自らの意思により、食物があるのに食べないという特異な習慣である。ライオンは満腹のときシマウマが通っても知らん顔だが、逆に空腹なのに我慢して狩をしないということはない。人間は満腹でもせっせと買い込んで冷凍庫に保存する。そして空腹なのに我慢して食べない。何が人間をそうさせるのだろうか。

『旧約聖書』には「モーゼは主と共に、四十日夜、そこにいたが、パンも食べず、水も飲まなかった」とある（『出エジプト記』）。カトリックでは聖金曜日や降誕祭の前日などの斎日に、イエス・キリストの苦難を追体験するために断食を行う。コーランは、断食は「アッラーの定め給う規定《さだめ》だから……」と述べるだけで理由は挙げない。ヒンドゥー教でも仏教でも、断食は日常的な精進を積み、神に仕える手段でもある。

断食は辛くとも、否、辛いからこそ神への信仰の証となるのであろう。苦を共にすることで連帯意識が芽生える。貧しい人の苦しみを味わうことは善行への動機を生む。しかし同じ苦行でも、何かを積極的にするのではなく、何かをしないという方法をとるのは何故か。

ここで思いつくのが仏教の無である。座禅を組み、食を絶ち、雑念を払うと、次第に心が空《くう》になる。しかし空とは何もないことではない。そこは非日常的な洞察つまり悟りに満たされる。それは充足であり、無限でもあるという。老子は「われわれは粘土の形を整えて壺を作る。しかしわれわれの欲するものを収めてくれるのは、中の空間である」と言うが、仏教と量子力学との間には空や無の捉えかたに共通点があるという（K・C・コール『無の科学』）。断食には日常的欲やエゴから解放され、一種の充実感、信仰心を得やすくするという意味があるのだろう。

ゼロがインド人によって発見されたように、無やゼロの概念を発達させたのは東洋である。近代科学の基礎となる種々の概念、論理を生んだ古代ギリシャ人もゼロの概念は苦手だったようだ。その結果西欧では最近まで「無」を説く仏教を「脅威」とみなしていた（R・P・ドロワ『虚無の信仰』）。ドイツのエンデの童話に、ファンタージェンというおとぎの王国に「虚無」が攻めてきて、おとぎの世界が次々と侵食されるという話がある（『はてしない物語』）。その「虚無」の正体はおとぎ話を信じなくなった大人たちの心のあり方だという。何かでないものが、主体として動く点が面白いが、無を否定的なものととらえている点で、依然として西欧的である。

ゼロは身近にあるのに分かりにくい。建物の階数を欧州式に数える場合は地上階をゼロ階とするが、日本や米国式では、地上階が一階で、その下は地下一階すなわちマイナス1だから、ゼロを飛ばしてしまい、数学的におかしなことになる。しかし年号にゼロ年はなく常に元年から始まるし、日本ではかつては数え年を使い、生まれた時から一歳だった。日常的には自分がゼロの位置から始まるとは考えにくいのだろう。何事においても自分は常に「最初の一人」として「存在」するからだ。

ゼロはもともと奇妙な数字だ。ある数字にゼロを掛けるとすべてゼロになる。如何なる数字もゼロで割ることはできない。ゼロをいくつ足してもゼロである。

もっともユネスコの会議で票決をするとき面白いことが起こり得る。過半数の国が賛成すれば可決となるが、そのとき棄権はカウントしない。つまり賛成をプラス、反対をマイナス、棄権をゼロと数え、合計がプラスなら可決ということになる。棄権した国の数は関係ない。しかし同時に重要なのは定足数で、全加盟国の半数超の国が出席していなければ会議は成立しない。このときは棄権した国の数はカウントされる。加盟国数が一〇〇で、賛成が三〇、反対が一五のとき、出席して棄権した国が六つないと会議は成立しない。つまりゼロが五つあるか六つあるかで結果が大きく変わるのだ。

ラマダーン中に始まった執行委員会である案件がもめた。会議を中断して少数国が別室で協議し、やっと妥協案がまとまったが、気がつくと飲まず食わずのまま昼休みが過ぎていた。本会合への報告の際「我々はラマダーンに参加し、それが連帯意識を養うのに有意義であることを身をもって知った」と発言したい衝動に駆られた。しかし止めた。止めてよかった。宗教の戒律を、決してジョークのネタにしてはならない。

（二〇〇七年三月）

パンとフランス人

サンジェルマン通りを右折すると、すぐ右手に「メゾン・カイザー」の看板が見えた。パリ五区の真ん中を南北に弧を描いて走るモンジュ通りを更に下ると、南の端にもうひとつの有名なパン屋さんがある。「ル・ブーランジェ・ド・モンジュ」だ。一九世紀の幾何学者の名前がつけられたこの通りの両側には当時からパン屋が点在し、近くにはパリ最大の公式なパン市場のひとつがあったという。

パンはもともと六千年程前にメソポタミアで生まれた。小麦粉の粥が焼け石の上にこぼれて焼け、平焼きパンができた。それがエジプトに渡り、置き忘れて自然発酵した生地を焼いたらおいしかったということらしい。ヘブライ語やギリシャ語でパンは生命と同義だったそうだ。

「これは、あなたがたのために与えられるわたしのからだである。わたしを記念するため、このように行いなさい」(『ルカによる福音書』)。最後の晩餐において、パンをちぎって弟子達に分け与えながらキリストが言った言葉である。ダ・ヴィンチの『最後の晩餐』ではキリストの左手の先に丸いパンが二つ見える。聖体としてのパンを食べ、聖血たるワインを飲む儀式としてのミサはこうして始まった。その他「パンと魚の奇跡」などキリスト教徒にとってパンは特別の意味をもつ。

しかしフランス人にとってパンはそれ以上の意味があるらしい。一九九八年の世論調査では、消費者の八〇%が、「良いパンを買うためには、もっと遠くへでかけ、より高い金を払っても良い」と応えた。S・L・カプラン『パンの歴史』によれば、アンシャン・レジームのフランスは、民衆、パン屋、国家・警察の三角関係にあった。飢饉を恐れる民衆にとってパン屋が十分な供給量を安く提供するか否かは文字通り死活問題であった。パン屋はしばしば重量をごまかしていたと言われており、「五〇〇グラムの黒パンと五〇〇グラムの白パンは、どちらが重いか。どちらも五〇〇グラムない点では同じ」など、パン屋に関するジョークが多いのもフランスの特徴であろう。民衆は国家への服従の対価としてパンの安定供給を求めた。一七八九年一〇月のパンを求める女性の行進が向かった先はヴェルサイユ宮殿であった。そしてフランス革命が始まった。国家はパンの価格統制を始めた。

そのフランスでとんでもないことが起こった。パンの質が低下し、消費量が低下したのだ。カプランによれば、一日一人当たりの消費量は革命前の九〇〇グラムから一九九〇年代の一五〇グラムにまで低下した。原因は経済・社会の発展と共に日常生活の様式が大きく変化し、食料の多様化が進んだこと、パンは健康に悪いという医者が現れてパン離れが進んだこと、そして消費者の間でパンへの愛着が失われたことなどである。価格統制は必然的に機械化を進め、大手スーパーの進出などにより、一九七〇年代から九〇年代にかけてフランスのパンは単なる一商品に過ぎなくなってしまった。

パン業界は国家に救いを求めた。国家は『パンの質』と題する長文のレポートで、現在のパンは、健康、栄養、衛生などすべての点で問題はなく、質も高いレベルにあると書いて消費者を安心させようと努めた。また一九九三年には「パン法」という法律を作り、店で自ら生地をこね、成形し、焼いたものに限定して「自家製パン」（パン・メゾン）という名称の使用を許した。また加工中に冷凍をせず、限定した添加物しか使わぬもののみ「伝統的パン」と呼べるようにして、工場生産を事実上排除し、職人仕事に神聖さを与えている。一九九五年には第一回パリ・バゲット・コンクールが始まった。優勝者ジュリアンの店は、ファッションでお馴染みのサン・トノレ通りにある。もともとパン屋だった聖オノレはパンの守護神となり、彼を祭る五月一六日はパンの日に指定された。

パン屋の仕事は昔から重労働を伴う厳しいものとされていた。とくにこねる作業は体力を要する。ヘロドトスは古代エジプトでは「穀粉は足でこね、泥は手でこねる」と皮肉まじりに書いている（『歴史』）。しかしフランス政府によるこうした環境整備のおかげもあってか、最近パリを中心に若手で想像力豊かなパン職人が生まれつつあり、良質なパンが次第に多くの消費者の心をとらえているという。

おいしいパンの基準は何だろうか。カプランは、外観（3ポイント）、皮（3）、身（3）、歯ごたえ（1）、香り（5）、味と風味（5）、ハーモニー（1）、パンの想像力（1）を挙げる。確かに黄金色の全体、焼きたての香ばしい匂い、最初に噛んだときのパリッとした噛み応えとその音、ふわりとしながら少し粘り気のある中身の味、まさに五感のすべてを動員して初めてパンを正当に評価できる。そんなことを想像しているうちに無性にバゲットが食べたくなり、モンジュ通りへと車を走らせたのだ。どちらも思いの外小さな店だが、各種のパンが陳列され、パンをこね、焼き上げるところが見られるようになっている。

近代化やグローバル化の流れに押し流されながら、フランス人にとってパンは、毎日の食卓やミサでは欠かせぬものであり、手作りの質にこだわる職人気質の象徴である。また社会の安定、連帯の鍵であり、国民を国家と結ぶ絆である。それだからこそ、フランス人は法律という権威主義的手法と、自由な発想で消費者の好みの多様化に適応できる職人を讃えるコンクールという現代的アプローチを駆使しながら、自分がフランス人であることを確認する手段という重要な地位をパンに与えてきた。彼らにとってパンはいまや飢えをしのぐというより文化的に生きるためのシンボルとなっている。パリっ子たちがバゲットを大事そうに抱えて家路につく姿も、こういった角度から見ることで、少しフランスが分かったような気になる。

コメ食の日本人だが、次にバゲットの香ばしい最初の一口を味わうとき、フランス人の伝統へのこだわりに想いを馳せてはどうか。

「人はパンなしには生きられない。人は祖国なしでも生きられない」（V・ユーゴー）

（二〇〇七年四月）

カフェ

初夏のパリ。路上にはカフェのテーブルや椅子が溢れ出る。街路樹の新緑の下、太陽を待ち焦がれていたパリっ子たちの会話が広がる。人生が、恋が、そして政治が語られる。テーブルにのっているのはエスプレッソの小さなカップだ。この黒くて苦い液体には、人類の近代の歴史のさまざまな側面が秘められている。

その一端を尋ねてある建物に入った。小さな待合室。古い絵や書籍が並ぶサロン。赤と金を基調とした内装。大きな鏡、高い天井に古めかしい照明。イタリア人F・プロコピオがここにカフェを開店したのは一八六八年であった。この現存する最古のカフェは、いまレストラン「ル・プロコープ」と称している。

当時コメディー・フランセーズの真正面にあったことから、このカフェはたちまち芝居の幕間に文人が集まる場となった。一八世紀に入ると、フランスの知性の代表ヴォルテール、百科全書派のディドロやダランベールが来て、啓蒙思想を語った。そして革命期にはロベスピエールやダントンらが頻繁に出入りした。ここの名物は「レジスタンス料理」と呼ばれる、ボジョレ・ワインで雄鶏を煮込んだ「コック・オ・ジュリエナ」だ。カフェはパリ中に広がり、高級サロンに出入りしていた貴婦人たちも馬車でカフェの店先に乗りつけ、銀の皿に乗せたコーヒーを馬車の中で嗜んだという。

コーヒーはエチオピアで発見され、アラビア、トルコを経て欧州に入った。カフェインのもつ快い刺激と興奮作用は早くから人々を惹きつけ、酒を禁じられているイスラーム世界では熱狂的に歓迎された。病に倒れたモハンマドのために大天使ガブリエラが「メッカの夜のように黒い」飲み物を運んできたという伝説もある。

一六八三年のヴェネチアを皮切りに、カフェは欧州各地に次々とつくられた。それは折りしも欧州における一七〜一八世紀の近代市民社会の成立、啓蒙思想の広がり、そして革命という、その近代史の躍動的な時期と重なった。ニュートンなどによる近代自然科学の成立に支えられ、「自然の光」たる理性の自律に向けて議論を闘わした啓蒙思想家たちにとって、思考や連想を豊かにするコーヒーはさぞかし頼もしい味方であったろう。一六五〇年オックスフォードに最初にでき、ロンドンに広がった英国の「コーヒー・ハウス」はその草分けとなった。そこでは新聞・雑誌が読み上げられ、やがて無料で配られ、世界に冠たる英国のジャーナリズムが生まれた。ロイド海上保険会社も生まれた。やがてコーヒーの活躍の場はパリのカフェに移った。ドイツでも一六七九年に最初のカフェが生まれ、ベートーベンは毎日きっちり六〇粒のコーヒー豆を挽いて飲んだという。

コーヒーを健康上の理由や反政府思想の温床になるという理由で禁止しようとする試みもあった。キリスト教の司祭はコーヒーはイスラーム教徒が飲む悪魔の飲み物だと訴えた。フリードリッヒ大王もドイツ人はビールを飲むべきとしてコーヒーを制限した。

「ねえお父様、そんな厳しいことをおっしゃらないで。もし一日三回あの小さなカップでコーヒーが飲めなかったら……ああ、コーヒーは千のキスよりも甘い」

コーヒー好きの娘が、それを禁止しようとする厳格な父に懇願するユーモラスなバッハの「コーヒー・カンタータ」の一節だ。一七三二年当時の論争を物語る。しかしローマ教皇クレメンス八世が、コーヒーはおいしいから洗礼を施してキリスト教徒の飲み物にすればよいと言ったように、コーヒー禁止の試みはいずれも効果を生まなかった。

コーヒーの人気の背景には飲み方の進歩もある。コーヒーはその実を食べて踊る山羊をみた羊飼いによって発見されたといわれるが、サヴァランは名誉の半分は「最初にこれを炒《い》ることを思いついた者」に与えるべしと述べる（『美味礼賛』）。一九〇一年イタリアでエスプレッソの機械が発明され、フランスとイタリアに浸透した。H・シュルツはミラノで飲んだ「カフェ・ラテ」に惹かれてシアトルに渡り、「スターバックス」を創設した。

しかしテレビで政治討論を聞き、インターネットで株の動きを知り、携帯電話で指令を出すことで一日の仕事は終わり、カフェインは街角の「スターバックス」か、オフィスの自動販売機で五分で補給できる今、かってのカフェはその役割を終えたのだろうか。

否、コーヒー・ブレークのない国際会議は考えられない。一九五二年にアメリカ当局が軍需工場の生産性を向上させるために始めたこの習慣を、アメリカ嫌いの文化人が多いユネスコ大使はみな評価している（誰一人由来を知らぬはずだが）。ユネスコ大使の一日は会議室前のカフェで始まる。会議にくる相棒をつかまえて情報交換する。何気ない会話が重要なヒントになる。予め待ち合わせて協議をする。連絡がとれなくてもここで張っていれば会えることが多い。一度に沢山の大使に根回しができる。

これを支えるのが携帯電話だ。コーヒー・ブレークの最中は廊下やカフェが混んでいて相手がみつからないことが多いし、秘密の話がし難い。そういうときは会議中にこっそり相手の大使の携帯に電話する。「今出られる？」「五分後にカフェで」「ＯＫ」という具合に。廊下に出て相手と携帯で話していたら実は隣に立っていたということもあった。会議に退屈したら呼ばれてもいないのに携帯を耳に当てて、「あっ大臣……」と叫んで廊下に出る。向こうから会いたくない大使が来たら急いで携帯を手にとる。呼び出し音を周囲に聞こえないようにするマナー・モードというものがあるお陰で、こうした演技が可能になる。発明者が予想もしなかった効用だ。

先日はアジア対欧州の問題をカフェで交渉し、決議案をまとめた。終って別れるや否や携帯で同じ欧州の大使を呼び戻し、今度は日欧連合と、他のアジア諸国との間でもめている案件の戦略を話し合った。案件ごとに相手が替わる。さっきの敵もいまは友になる。カフェではそんな頭の切り替えも可能になる。カフェは携帯電話という新たな伴侶を得て、その伝統的役割の一部をしっかり守っているのだ。

（二〇〇七年五月）

オムレツ

朝起きるとまず書斎の窓を開け、その日のエッフェル塔のご機嫌を伺うのが日課となっている。ところが先日窓を開けたとたん、大きな鳥が目の前からばたばたと飛び立っていった。翌日も全く同じことが起こった。もしやと思ってテラスの花壇の中を覗くと、卵が二つある。母鳥らしき鳥が近くの木から心配そうにこちらを見ている。野鳩だ。どんな雛が生まれてくるのだろう。出張から帰るまで無事だろうか。

卵はなにか胸のときめきを呼ぶ。生命の謎を秘めているからだろうか。西洋では卵はしばしば宇宙の原初状態を表した。ギリシャ神話では豊饒の女神エウリュノメがハトに変身して宇宙卵を生み、それが大蛇に抱かれて宇宙が孵化したという。日本にも『古事記』に天日槍《あめのひぼこ》の説話がある。どの神話でも混沌から秩序が生まれる過程で、卵が重要な役割を果たす。ゲームの「たまごっち」もこうした人間の心理に訴えたのかも知れない。

そして卵は人間の究極の願いとも言える「再生」を意味する。イースターではキリストの復活を祝い、人々は様々な色を塗ったイースター・エッグを贈りあう。マグダラのマリアが、キリストが復活したことをローマ皇帝に告げると、皇帝はテーブルの上の卵を指差して「キリストが復活することは、卵が赤くなることと同様あり得ない」と言った。その途端卵は赤くなったという。

ドイツでは草原での卵探し、ホワイト・ハウスでは子供による卵ころがしが行われる。イギリスではかつて目隠しをして、撒き散らした卵を踏まぬように踊りまわるエッグ・ダンスが行われた。「エッグ・ダンス」は今では「極めて困難なこと」を表す成句になっている。転がされたり、潰されそうになったりと、イースターは卵にとっては受難の時期だが、それだけ庶民に親しまれているということだろう。イースター・イブまでの四〇日間は四旬節《じゅんせつ》と言って、キリストの荒野における断食にならってキリスト教徒は肉や卵を食べないから、その解禁のお祭りでもある。四旬節が始まる直前に家にある卵を全部食べてしまうためにパンケーキ・デーという記念日もできた。

卵料理といえば何といってもオムレツだ。語源を尋ねると、「薄片」を意味する言葉（当時はアムレットゥ）が変化して一五四八年にこの言葉ができたとされているから、本家はフランスとみてよい。世界遺産のひとつモン・サン・ミッシェルの名物としても知られている。ノルマンディー産のバターは定評があり、オムレツに最適というのが理由らしい。エッセイ『巴里の空の下オムレツのにおいは流れる』で有名なシャンソン歌手の石井好子さんによれば、熱したフライパンにバターをたっぷり溶かし、そこに新鮮な卵をかき混ぜ、流し込んでフォークで混ぜ、ふっくらしつつ焦げ目がつく前に暖めた皿に移し、熱いうちに食べるところがコツだそうだ。最近ホテルのレストランでは朝食時に好みの具を入れたオムレツを目の前でつくってくれる。出張先で昼も夜も仕事の相手と慌しく食事をとる日が続くと、これがひとつの楽しみになる。ひとりで窓際に座り、熱いオムレツを頬張りながらその日の議題に目を通し、作戦を考える。外交の主役ではないが、重要な脇役となる。オムレツの具としてはチーズ、玉ねぎ、キノコなどが普通だが、『美味礼賛』でサヴァランは鮪《まぐろ》のオムレツがおいしいという。上等の古いぶどう酒を添えて出せば申し分ないというが、その域に達するには相当の修行が必要だ。

今、卵のもつ神秘性が徐々に解き明かされつつある。ES細胞（胚性幹細胞《はいせいかんさいぼう》）だ。受精卵が分裂を始めて四〜五日までの細胞は、まだ体のどの組織や臓器になるか決まっていない。体のすべての細胞を生み出せる能力、いわゆる「多分化能」をまだもっているのだ。人工授精卵からこの細胞を採取し、破壊された組織や臓器の細胞をつくることで、アルツハイマー病など不治の病の治癒や、視力回復も可能になる。「再生」は夢ではなくなったのだ。ただこのＥＳ細胞はそのまま着床させればひとりの人間になるので、倫理上の問題を避けて通れない。

卵はその将来性だけでなく、過去に遡っても面白い。いわゆる「卵が先か、鶏が先か」の議論は無限の面白さを教えてくれる。生命は、地球は、そして宇宙はどのようにして誕生したか。宇宙ができる前には何があったのか。宇宙は広がっているというが、有限なのか無限なのか。宇宙の果てを知るには光に頼るしかないが、光の速度は有限だから、宇宙が無限なら人はそれを確認することができないはずだ……等々、時間と空間の無限性についての興味は尽きない。

無限は外に広がるだけでなく内にも向かう。ゼノンの詭弁は有名だ。あなたは部屋から出られない。何故ならまずドアまでの半分の地点まで行かねばならない。次に残された距離の半分まで進む。このように残りの距離の半分だけ進むということを繰り返している限り、あなたは部屋から永久にでることはできない。ステップを無限に繰り返しても有限の距離しか進めないのだ。「ホテル無限大」という話も面白い。このホテルは部屋が無限大数あるが、いま満室だ。そこへひとりの客が来た。どうするか。一号室の客を二号室へ、二号室の客を三号室へ……と順番に移ってもらう。無限に続くから客は無事一号室に入れる。

無限はとらえどころがないが、ゼノンが見出したように、毎日の生活には無限と有限が混ざりあっている。ユネスコの今の最大の課題は改革だ。大口出資国はもっと合理化して予算を切り詰めろと言う。開発の途上にある国は予算を増やしてもっと援助して欲しいと言う。事務局は板ばさみで悲鳴をあげる。加盟国の数も、予算額も、事務局スタッフの数も有限だが、加盟国の要求は無限だ。シェークスピアは言う。「意思は無限だが実行は有限だ。欲望には果てしがないが、行いには限度がある」（『トロイラスとクレシダ』）。事務局は、改革即ち合理化はプロジェクトの中止と、スタッフの解雇につながると言って反対する。改革派は反論する。改革に痛みはつきものだ。そしてフランスの諺を引用する。「卵を割らなければオムレツはつくれない」。

（二〇〇七年六月）

クラブ・サンドウィッチ

長い出張から戻ると、待ち構えていた娘が言った。「野鳩の卵はふたつともかえったよ」。胸を躍らせながら窓ごしに覗くと、黄灰色の産毛の雛が見えた。かなり大きくなっている。フランス大統領選を争った二人にあやかって、サルコジとロワイヤルと名づけた。

出張先はパリから片道三五時間のニュージーランド。ユネスコ世界遺産委員会が十日間にわたって開かれた。「石見《いわみ》銀山の世界遺産としての価値は疑問。リストへの登録は延期すべし」。予想されていたとはいえ、ユネスコの諮問機関ＩＣＯＭＯＳ（国際記念物遺跡会議）のあまりに厳しい評価に、日本代表団の表情は一様にこわばった。

「異議のある国は？」と議長が問いかけると、七、八カ国の代表が発言を求めた。議長が発言順を読み上げた。「Ｃ国、Ｍ国、Ｋ国、Ｉ国……」。それを聞いて「行ける」と心の中で叫んだ。日本支持の国がほぼシナリオ通りに並んでいたからだ。予想通り「石見には世界遺産の価値がある、登録すべきだ」という意見が相次いだ。五〇分後、世界遺産としての逆転登録が確定し、石見銀山は世界の石見銀山になった。

二〇〇七年五月一二日、ＩＣＯＭＯＳは既に石見の登録は「延期」すべしとする勧告書を出していた。その後の一カ月半は、パリにおいても、現地入りした後も、関係国に石見の価値を理解してもらうための働きかけに専念した。膨大な資料を徹底的に勉強し、何をどう売り込むべきか研究した。五月末に石見を視察したことが、根回しの際の発言に重みを加えた。各国の反応の中では、一六世紀から環境に配慮してきた銀山という点に一番手ごたえを感じた。

しかし会議の初日、はたと気がついた。いくら重要とはいえ石見のことだけやっていたのではだめだ。会議全体について日本が積極的に貢献しないと、日本は自分の案件だけのために会議に来たと思われ、日本外交のイメージに傷がつく。石見の審査に対してもマイナスだろう。慌てて他の議題の勉強を始めた。しかし、にわか勉強で専門家に伍して発言できるレベルに達するのは難しい。しかも世界遺産の登録抹消の是非をめぐって意見が割れたある案件につき、舞台裏での調整役を議長から申しつかった。運悪くホテルの部屋が省エネで寒かったために、ひいた風邪が治らず辛いが断れない。むしろ天から授かった貢献のチャンスと捉えねばならない。そしてその分も勉強しなければならない。

しかし会議は早朝から夜まで続くし、昼休みは各国代表への最後の念押しのための貴重な機会だ。そこでその時間帯を三つに分けた。最初と最後の一五分は、石見についてのロビー活動と社交に使う。真ん中の一時間はホテルの部屋でルーム・サービスをとって集中的に他の案件の勉強をする。何を注文するか。風邪と戦うためには栄養が必要だが、のんびりステーキなど食べていられない。ワインなどもっての外だ。そこでクラブ・サンドウィッチとコーヒーをとった。左手にサンドウィッチ、右手にペン。書類にアンダーラインを引き、発言用のメモを書く。一時間はあっという間に過ぎてしまう。結局会議の最終日までこうした日が続いた。

七月一四日パリ祭。暑い夏が戻った。昼まで寝て、近くのカフェに行った。出張の疲れと時差からようやく解放された。メニューを見るとクラブ・サンドウィッチがある。出張中は殆ど呑み込むだけだったクラブ・サンドウィッチをゆっくり味わってみたくなった。ジョン・モンタギューという英国のサンドウィッチ地方の博打好きの伯爵が、一日中ゲームを続けられるようにコックに頼んでできたのが、二枚のトーストに肉切れを挟んだものだった。一七六二年のことだと言う。実際は東地中海でギリシャ人やトルコ人が食べているのを見て真似をしただけだという説もあるが、一七六〇年代に男性の夜中のパーティー食としてサンドウィッチの名が広まったことは、彼の貢献といって良いであろう。一九世紀の英国では昼の正餐の時間が遅くなるにつれて夕食（サパー）は冷たい簡単なものになり、トーストに残り物を挟んだサンドウィッチの出番が増えた。

サンドウィッチがアメリカに入ったのは一九世紀で、白い食パンの広がりと共にサパーの一員となった。玉ねぎ入りオムレツを挟んだウェスタン・サンドウィッチは、保存の難しい卵が貴重品であった西部開拓時代の産物だ。クラブ（ハウス）・サンドウィッチの名は、一九世紀末ころ、ニューヨークのサラトガ・クラブという社交クラブに端を発するらしい。第二次大戦中、米国海軍がチーズ入りのサンドウィッチを兵士に供したというのもアメリカらしいエピソードだ。中に挟むものにはいろいろなバラエティーがあるが、大御所はBLT（ベーコン、レタス、トマト）だ。それに鶏肉などの白い肉、卵が加わり、バターとマヨネーズが味を調える。ハムと鶏肉、チーズを挟んだパンを卵に浸して揚げたモンテ・クリスト・サンドウィッチは、フランスのクロック・ムッシューに似ている。そのフランスには羊を使ったサンドウィッチ・グレッグというものもあるから、サンドウィッチはかなりの国際性と多様性をもつ。

科学的にみると、サンドウィッチは生まれ得なかったという。中身が見えないものには人は普通手を出さないからだ。それでも世界に広がったのは、その手軽さにある。ピクニックには最適だ。英国では思慮の足りない人のことを〝Two sandwiches short of a picnic〟という。サンドウィッチふた切れではピクニックにもならないからだ。

パリ祭の夜、エッフェル塔の公園で若いフランス人のグループが車座になってサンドウィッチを食べていた。ファスト・フードを嫌うフランス人も、手軽さには勝てないようだ。それどころかシャンゼリゼ通りにある名門カフェ「フーケ」にもクラブ・サンドウィッチがあることを発見した。人類が多忙になるにつれて、その仕事、楽しみ両面での効用が広く認められてきたのだ。

ホテルの自室でのルーム・サービスをふと思い出して考えた。サンドウィッチは今や社交クラブでのカード・ゲームだけでなく、国際会議での外交ゲームをも陰で支えてくれるのだと。


（二〇〇七年七月）

仔牛のカツレツ・ミラノ風

気が急《せ》いているからか、いつの間にか列の先頭に立っていた。九時一五分、曇りガラスの扉がゆっくり開く。通勤電車から飛び出すように部屋に入り、その絵の前に進んだ。思ったより色が褪せている。しかし紛れもないダ・ヴィンチの『最後の晩餐』だった。

ミラノにあるこのサンタ・マリア・デレ・グラーツィエ教会は、一九四三年米軍の激しい空襲にあって壊滅したが、多くの謎を秘めたこの絵だけは奇跡的に助かった。ダ・ヴィンチがフレスコ画でなく、幾度でも重ね塗りができるテンペラ画の技法を使ったことから、この名作の保存は殊のほか困難を極めた。記録に残るものだけでも六回の修復が行われた。一九八〇年この絵は教会と共にユネスコの世界遺産になった。

首尾よく『最後の晩餐』見学の予約がとれてミラノ入りした前夜食べたのは、勿論仔牛のカツレツ・ミラネーズ。娘は出発前にイタリアで修行したコックさんが勧めてくれたサフランと白ワインの入ったリゾットを注文した。いずれもミラノ名物だ。骨付き背肉を指すフランス語のコットレットを語源とする英語の〝cutlet〟が、カツレツとして日本に入ったのは明治初期。福沢諭吉の『華英通語』では「吉列」となっている。普通は仔牛か仔羊を使う。チキンカツやトンカツは日本人の発明のようだ。厚手がおいしいトンカツと違い、仔牛の場合は叩いて薄く延ばした肉に、パルメザン・チーズを加えたパン粉をつけてバターでこんがりと焼き上げたのが良い。香ばしい香り漂う焼きたてのカツレツにレモンを絞るときの幸せ感は格別だ。

北イタリア最大の都市ミラノは紀元前四〇〇年ごろケルト人によって建設され、古代ローマにより征服された。「平野の中の町」を意味するメディオラヌムと呼ばれ、それがミラノの語源となったそうだ。以来商業、産業、文化の中心として栄えた。今でも見られる大企業本社や銀行の建物、ファッション街、スカラ座などはその象徴だ。しかし同時にここはキリスト教の影響が強い。一世紀末キリスト教が伝えられ、三一三年コンスタンチヌス帝のミラノ勅令によってキリスト教はローマ帝国の公認を受ける。中世イタリアでは自治都市が発達するが、これは安全を保証する統一的な権力機構がなかったため、都市や近隣の農民が司教のまわりに結集し、団結することで始まった。一一世紀末から一二世紀前半にかけて北・中部イタリア各地の都市に成立した自治共同体はコムーネといわれる。ミラノが自治都市になったのは一〇九七年である。北イタリアの諸都市はロンバルディア同盟を結成してドイツ皇帝フリードリヒ一世の遠征を阻み、コンスタンツの和(一一八三年)によって自立的地位を承認させた。その頃には北・中部イタリアには二〇〇から三〇〇のコムーネがあったという。

こうした諸都市の人口は、古代ギリシャや長安などアジアの大都市と違って大きなものでも五万から一〇万程度であったが、国境を越えた物資の流通・交易の担い手として、ドイツのハンザ同盟の諸都市と共に都市経済の網の目を張り巡らし、一三世紀から一五世紀にかけての西ヨーロッパの広大な経済圏を形成した。そしてこれらの都市国家群こそが、イタリアをして近代外交の発祥地とさせたのである。H・ニコルソンによれば、イタリアの都市国家はヨーロッパの封建制度の圏外に立ち、激しい敵対関係によって分裂していると同時に、無数の共通利益によって相互に結びつけられてもいた。これら都市国家は絶えざる権力抗争の中で自国の権力を優勢にするような連合や同盟に腐心し、そのための外交使節が活躍した。記録にある最初の常設公使館は、ミラノ公フランシスコ・スフォルツァによって一四五五年ジェノヴァに設けられたものだ（『外交』）。

　こうしたイタリア都市国家は、やがて国王による支配の強化の前に崩壊し、次第に近代主権国家の時代へと移っていく。それに伴い経済においても、無数の都市が形成していた中世的世界経済の網が次第に国家単位の国民経済の形成へと移行していくこととなる。しかし二一世紀の国際関係では、民主化が進展する中で、急速なグローバル化と情報技術の飛躍的発展によって、主権国家を頂点とするピラミッド型の統治機構が次第に機能しなくなり、国家に加えてビジネスや市民社会、メディアなどが、水平的なネットワークをつくって世界のガバナンスに関与しつつある。教皇、国王、教会、騎士団、商人などが、相互に依存しながら水平的に活躍していた中世の欧州の状況に戻りつつあるといえる。これが国際政治学でいう「新しい中世」という考え方だ。そうであるなら新しい時代の外交は、実は外交の原点たるイタリア都市国家から学ぶべきことが多いはずだ。

　このミラノに、いつ、どのようにして仔牛のカツレツが生まれたのかは遂に分からない。ミラノは一三世紀末にヴィスコンティ家が、次いで一五世紀にはスフォルツァ家が支配権を握り、ダ・ヴィンチなどの芸術家を育ててその黄金時代を迎えた。

　しかし一六世紀にハプスブルグ家のスペイン、一八世紀にはオーストリアの支配を受けた。そしてやがてサルディニヤ王国となった一九世紀半ば、ヨハン・シュトラウスの「ラデツキー行進曲」で知られるラデツキー将軍率いるオーストリア軍がミラノ西方のノヴァラの戦いで勝利し、ロンバルディアの総督になったとき、ミラノでおいしい仔牛のカツレツを見つけてウィーンに持ち帰ったという。ミラノのカツレツはウインナ・シュニッツェルの元祖ということになる。

皮肉なことに、文化は平和な文化交流によってだけではなく、戦争や占領によっても伝播するのだ。ミラノの歴史は、改めてヨーロッパが戦乱の繰り返しであったこと、中世は決して暗黒の時代ではなく、これからの外交に示唆を与える自由な都市国家のネットワークを生み、文化を成熟させたこと、そして『最後の晩餐』であれ、カツレツであれ、良い文化は常に戦争と隣り合わせにありながら、しぶとく生き残る力をもっていることを物語っている。

（二〇〇七年八月）

ジェラート

「ジェラート食べようよ」。娘にせがまれて、バール（イタリアのカフェ）に入る。一〇種類を超えるアイスクリームと、各種のフルーツが選りどり見どりで、しかも時間に関わりなく食べられる。テラスに座って、まっ蒼な空を見上げ、頬をそよ風に任せ、疲れた足を放り出す。人生を楽しむのに誰に何の遠慮もいらないし、何の罪悪感も感じさせない。大人も子供も分け隔てない。イタリアの豊かな人生は旅行者にも惜しげもなく広がってくる。映画『ローマの休日』において、スペイン広場でジェラートを食べるオードリー・ヘップバーンの屈託のない笑顔は、主人公アン王女の窮屈な王室生活からの完全な解放の象徴である。

やりかけの仕事や原稿の締め切りのことも忘れて、ゲーテのファウストのように「留まれ、お前はいかにも美しい」と叫びたくなる（『ファウスト』）。イタリア人の人生は、ファウストが感じた「最高の瞬間」に満ちているのだろうか。この満足感を与えてくれたのは、もちろんジェラートの味だけではない。周りを取り囲む古代ローマ帝国の壮大な遺跡や厳かな大聖堂と共に、それに触発されて一四世紀に始まったダイナミックかつ繊細なルネサンスの芸術作品があってこそである。フィレンツェを中心とする一五世紀のイタリアで花咲いた人文主義《フマニスタ》は、人々を中世の教義・因習から解放し、人間中心主義を打ち立てた。それに伴い、芸術における人間の描写も、それまでの形式的、権威主義的なものから細やかな心理描写に移った。

　それを感じさせるものとして最も好きな絵が、サン・マルコ修道院の回廊二階の踊り場にあるフラ・アンジェリコの『受胎告知』だ。多くの画家がこのテーマにインスピレーションを得て作品を描いた。フィレンツェにはウフィツィ美術館だけでもダ・ヴィンチ、ボッティチェリ、マルティーニなど質の高い作品が沢山ある。しかし『ルカによる福音書』での処女マリアと天使ガブリエルのやりとりに表れるマリアの戸惑い、思慮、受容などの微妙な心理の動きと、それに敬意を表するガブリエルの態度を最も味わい深く表現している点で、このフラ・アンジェリコのフレスコ画に敵うものはない。

西欧文明はルネサンス以降、啓蒙の時代、産業革命、植民地主義時代、科学技術革命、情報革命など常に先端文明として世界をリードしてきたが、その根底には古代ローマ帝国以来の「ローマ理念」がある。前二世紀に都市ローマを神格化して女神ローマの礼拝が始まって以来、ローマ文明は普遍性、永遠性をもった文明として讃えられ、ローマの支配は平和や法を世界にもたらすものとして正当化されてきた。この理念は次第にキリスト教の理念と融合して、ローマ帝国の地上における使命という観念へと発展する。この理念は都市ローマや帝国の衰亡が始まった後も、アウグスティヌスの『神の国』などによって地上の現実から切り離されたものとして人々の心の中に生き続けた。ローマ理念はローマ教皇、シャルルマーニュ大帝、神聖ローマ帝国の支配者に、さらにはルイ一六世ではなくシャルルマーニュ大帝の後継者を自認したナポレオン一世に受け継がれた。この理念は歴史の過程で民族主義や帝国主義にも利用されたが、同時に現在の欧州の統合のダイナミズムの源泉にもなっているように思われる。

ローマ理念は、近代以降の合理主義や科学技術の発達に補強されて、政治、軍事、経済、文化など人間活動のあらゆる側面において、可視的で自信に満ちた西欧文明の体系をつくり出した。西欧文明は、思想、政治・経済理論であれ、クラシック音楽や絵画・彫刻であれ、人を圧倒する体系をもつ。ローマのコロセウムや大聖堂などの巨大遺跡の迫力に通じるものがある。しかし平和や秩序をもたらす普遍的文明を、軍事力を使ってでも世界に拡大することは正当化されるという、ローマ理念に基づく使命感を現在最も直線的に引き継いでいるのはアメリカではないだろうか。イスラーム過激派に対する反テロ政策は、多様性は尊重しつつも自ら定義する文明を否定するものは断固として排除する使命感に裏打ちされている点で、ローマ帝政後期の反ゲルマン的愛国心に通じるところがある。

しかし同時にアメリカの外交政策の単独行動主義や、画一主義、科学主義、さらにはアメリカ発のファスト・フードが欧州の反発を呼んでいる。特に伝統的に分権化が進み、都市が異なれば同じ料理も少しずつ違うイタリアにおいてそうだ。フィレンツェのパンには塩が入っていないし、ピザの生地は薄い。方言の多様性はダンテが指摘するほどだ。長い歴史の中で、ひとりひとりが自分の土地を愛し、土地独特のものを大切にしてきた。この伝統が、一方で政治面で強固な中央集権国家をつくらせず、分裂や合従連衡を繰り返す不安定な政体を生んだが、他方で家内工業の発達や、地方の文化の自由な繁栄をもたらしてきた。そこに同じローマ帝国の理念を受け継いでいながら、近代になって理念を実現する目的で建国されたアメリカとは全く異なる、人間中心、土地中心の生活や文化の主張が生まれた。

スローフード運動が生まれたのが、古代以来こうした精神的土壌の中で中世から近代まですべての時代を経験し、理念の帝国の盛衰を見てきたイタリアの、ピエモンテ州のプラという村であるのは当然のことなのだ。

このような文化的背景の中で食べるからこそ、ジェラートは歴史に根ざした深い人間肯定の開放感を与えてくれるのだろう。ディズニー・ランドで食べるアイスクリームとは違う。

日本は近代以降の世界をリードしてきた西欧文明の起源を全く持たないにも拘わらず、近代と共に文明国の仲間入りを果たし、列強と伍して戦い、敗戦後も再び立ち上がって世界第二の経済大国になった。その歴史に占める地位は極めて高いと改めて思う。しかし東京の下町や京都を訪れる外国人が歴史に思いを馳せ、感動を得るような日本の食べ物は、そしてそれが体現する価値観とは何だろうか。これから世界に重きをなすであろう中国やインドには、そのようなものとして何があるのだろうか。

（二〇〇七年九月）

カクテル・パーティー

「第三四回ユネスコ総会に当たり、○○国文化大臣○○は、○月○日○時、日本国特命全権大使近藤誠一閣下をカクテルにお招きする光栄を有する」

いかにも仰々しい招待状が机の上にうず高く積まれる。二年に一度、三週間にわたって開かれるユネスコ総会は、閣僚が多数参加する最も重要な意思決定の場である。閣僚たちは政策スピーチや討議をすると共に、カクテル・パーティーやディナーを主催して相互に親交を深める。大使たちは、本国から出席する閣僚などのお世話と、会議への出席と、こうした社交行事への出席に忙殺される。

カクテルとは、ジンやラム酒などをベースに、リキュール、ジュースや香料などを混ぜて個性的な味を作り出した飲物である。名前の由来は、酒を混ぜるのに雄鶏《コック》の尾羽《テイル》を使ったとか、酒を入れるのに使ったフランス式卵立てを表す〝coquetier〟の発音を間違って覚えたとか諸説あるが、いずれも俗説の域を出ない。この飲物は一九一九年から一九三三年までの禁酒法の時代に米国で爆発的に流行ったというから皮肉なものだ。飲酒の習慣はついに一掃できない上に、アル・カポネなどのギャングが密造酒で巨利を得たことから結局この法律は廃止された。そして三〇年代はカクテルの黄金時代となった。

カクテルは、その代表のひとつがマンハッタンであるように、ニューヨークの夜景を窓越しに眺めながら、色とりどりのお酒をゆっくりと味わい、語り合うというイメージだ。しかし国際機関のカクテル・パーティーでは本物のカクテルには滅多にお目にかかれない。数十人から数百人が賑やかに語り合い、飲み物は大体シャンペンか赤白のワイン、それに清涼飲料だ。客が多く、バーテンもいちいちシェーカーを振ってなどいられない。客も新しい人と知り合ったり、仲間と情報交換することが目的だから、悠長にカクテルを注文してはいられない。しかも大きな会議がある時はいくつかのカクテル・パーティーを掛け持ちすることになる。

そんなにまでして何故カクテル・パーティーに行かねばならないのか。楽しみの一つは途上国大使の様々な民族衣装だ。しかし仕事上も欠かせない。雑踏と喧噪の中でも情報交換したい相手の顔を見つけることはそれほど難しいことではない。またざわめきの中でも、「ジャパン」とか「○○の件」といったキーワードがふっと耳に入ることがある。認知科学によれば、人間は種々の刺激の中で入力の取捨選択ができるという。両耳に到達する音波の時間差を検出して音源を認知したり、特定の人が話し続けるときの音声の特徴を把握して他から聞き分ける能力があるらしい。このような現象を「カクテル・パーティー現象」というそうだ。

こうした理由から、招待状にはすべて「出席」の返事を出し、予定表に入れておく。その結果、数日間続けて七～八つのカクテル・パーティーに出るはめになる。その後更にディナーもある。しかもその場所がユネスコ本部や、別館、各大使の公邸などまちまちだ。すべてが夕刻六時から八時の間に集中している。そこで八つのパーティーをどの順番で回れば一番効率よく回り、八時のディナーに間に合うかが問題となる。

計算は単純だ。会場同士の間の移動時間を調べ、すべての会場をつなぐ、理論的にあり得るすべての順路について合計所要時間を計算して比較すれば良い。ところがこれが大変なことが分かった。行き先がAとBの二つなら、道順はA—BかB—Aの二通りしかない。A、B、Cの三つならA—B—C、A—C—B、B—A—C、B—C—A、C—A—

B、C—B—Aの六通りだ。これは数学で言う「階乗」というもので、会場の数がN個なら、あり得る道順の種類の合計は1×2×……×（N—1）×Nで表わされる。Nが二や三なら良いが、ちょっと大きくなるととんでもない数字になる。五では一二〇、八だと何と四〇、三二〇だ。個々の道順に要する時間を計算するのに一分かかるとすると、八つの会場を回る、あり得る道順すべてについて計算するのに、四万分《ふん》強、即ち六七二時間かかる。これは一日八時間、週五日労働で約四カ月かかってしまうことになる。階乗がN！と「びっくりマーク」で表されるのはもっともだ。ではコンピューターの力を借りれば良いか。キース・デブリンによれば、米国にある人口五〇〇人以上の町を回る、あり得るすべての道順の距離を計算し、最短のルートを見つけるのに、三二台のペンティアムPCに支援された三台の高性能の科学用マルチプロセッサー・コンピューターのネットワーク（何のことか分からぬが、すごそうなことは確かだ）をノンストップで三カ月半計算させてやっと得られたと言う（『興奮する数学』）。

計算自体が難しいのではない。あり得る順路の数が膨大なのだ。ではすべての順路を計算せずに最短コースをみつける方法はないのか。数学者というのは、そういう問題を解こうとする前に、まずそれを解くことが可能か否かを理論的に証明しようとするそうだ。解くことができないのに解こうと努力することは無駄だからだ。そしてこの問題はまだ解決法があるとも無いとも証明できておらず、数学者の間での二一世紀の七つの未解決問題のひとつとなっているそうだ。

我々外交官は、このような高尚な問題は数学者にまかせ、現実的に対処する。まず最も重要か、最も義理のある人のパーティーに行く。その後はそこに近くて比較的義理のある大使のパーティーに顔を出す。しかしこれを続けていくうちにいよいよ時間がなくなる。どうするか。入り口でホストに優雅に挨拶をしてそのまま出口に直行する。裏口が無いときは、入り口から入った直後に携帯電話を耳に当て、ホストと目を合わせないようにしながら入り口から出る。それもみえみえの時は、会場を退出する客に急用がある振りをして追いかけながら出る。入り口から出るときはいずれもグラスをもったまま出て、「すぐ戻る」と思わせるのがコツだ。首尾よくエレベーターにたどり着くと、大抵その辺りには飲みかけのグラスがいくつか置いてある。

（二〇〇七年一〇月）

コック・オ・ヴァン

レストランの外が急に騒がしくなった。若い男がいきなり飛び込んできた。そして何か叫んで出ていった。何のことか分からなかった。すると店のマダムが「あ、フランス勝ったのね」と言って微笑んだ。ラグビー世界選手権がフランスで開かれ、準々決勝で世界の王者ニュージーランドを破った直後のことだった。

帰り道、紺のジャージを着てはしゃいでいる若者たちとすれ違った。みな胸にル・コック、つまりフランスのシンボルの雄鶏のマークをつけていた。同じ国鳥でも、米国の白頭鷲、インドのクジャクに比べるとちょっと見劣りがするように見える。しかしフランス人にとって雄鶏には歴史に根ざした特別の意味がある。雄鶏と、フランス人の祖先であるガリア人は共にラテン語で同音のゴロワというところから、古代以来フランス人の記章となってきた。シーザーの『ガリア戦記』にも「ガリアの戦士がまるで雄鶏がひなを守るがごとくに血気にあふれ、激昂して戦う」という条《くだり》がある。

　農業国フランスでは誰もが家畜としての鶏に親しみをもつ。香水メーカーのゲランは一八九四年に「オーデコロン・デュ・コック」を売り出した。雄鶏はシャガールの作品にも登場する。しかし雄鶏は自尊心が強く、強情で、勇敢であるというところがフランス人の自己像にあっているという。フランス人はあまり戦争に強いというイメージはない。強かったという印象があるのはナポレオンとジャンヌ・ダルクだけだ。しかしナポレオンは雄鶏のシンボルを嫌って鷲に換えたし、ジャンヌ・ダルクは女性だ。フランス共和国の象徴、自由の女神として知られ、フランスのユーロ・コインに刻まれているマリアンヌ像のエレガントな姿の方がフランスに似合う。しかし国歌「ラ・マルセイエーズ」の「武器を取れ、市民諸君！……不浄なる血が　彼らの田畑に吸われんことを」という極めて戦闘的な歌詞が頻繁に歌われる場には常に雄鶏がいる。大統領が執務するエリゼ宮の裏門の上にある金箔の雄鶏と、スポーツの祭典におけるフランス人のユニフォームについている雄鶏だ。

　第一次大戦前後、フランスでは新しい音楽を求めて若き作曲家たちがエリック・サティの下に集まった。それはドビュッシーやストラヴィンスキーなどの印象派的な音楽を「曖味模糊とした音楽」として批判し、フランス音楽本来の純粋さと明晰さを取り戻そうというものであった。やがてその先頭に立ったのが前衛芸術家ジャン・コクトーだ。彼の音楽評論『雄鶏とアルルカン』は大反響を呼んだ。雄鶏とは純粋なフランス音楽たるサティを、アルルカン即ち道化とは、ドビュッシーを指す。雄鶏のもつ自尊心、戦闘性に自己を重ね合わせるフランス人というものを再認識しなければならないようだ。

フランスの地方の伝統料理のひとつがコック・オ・ヴァンだ。雄鶏と野菜を赤ワインで煮込んだものである。フランス人にとっては、雌鶏と野菜を土鍋で煮込んだラ・プール・オ・ポも特別のもののようだ。フランス人に最も人気のある王様のひとりアンリ四世が「貧しい農民も毎日曜日にはラ・プール・オ・ポが食べられるようにすべし」と言ったことで、彼と、この料理は、ともに国民的人気を勝ち得たのかも知れない。それ以外にも鶏料理はいろいろあり、鶏には様々な名前がつけられている。雄鶏はコック、雌鶏はプール、ひな鶏はプレ、とくにふくよかな肉に育てた若い雌鶏がプーラルド、ひよこはプッサンだ。人は自分の生活に密着し、思い入れが強いものは細かく分類して名前をつける。日本人は出世魚として同じ魚にいくつもの名前をつける。五月雨など雨の語彙も多い。エジプト人にはラクダを表す言葉が多数、エスキモーには雪を表す言葉が二〇あると言う。ある国の文化の通《つう》であるということは、その国の言語の語彙が豊富だと言うことだ。外交官にとっては大きなチャレンジのひとつだ。

鶏は古今東西を問わず人間の生活に密着してきた。鶏がキリスト教の教会の尖塔に置かれているのは『マルコによる福音書』第一三章でキリスト再臨がいつか誰にも分からないため「目をさましていなさい」と言われたことによるとも言われている。『ハムレット』では第一幕第一場に雄鶏の鳴き声が登場して、デンマーク王の亡霊は慌てて姿を消す。日本では『古事記』の天岩戸神話に「常世の長鳴鳥」として登場する。中国では斉の孟嘗君が秦の昭王に追われて函谷関に至ったとき、鶏が鳴くまで門が開かないので困っていると、ある者が鶏の鳴き声をうまく真似たお陰で他の鶏が鳴き出し、門が開いて脱出できたという故事がある（『史記』）。

これらはいずれも鶏が朝決まった時間に鳴くことで太陽を呼び、闇にいる悪霊を追い払う魔力をもっていると信じられていたからだ。しかし同時に日本では人生の哀れを演じる役割ももつ。古代の日本は通婚であったことから、鶏の声は即ち辛い「朝の別れ」をも意味したのだ。『万葉集』の柿本人麻呂の「遠妻《とほづま》と手枕《たまくら》交《か》へて寝たる夜は鶏《とり》が音《ね》な鳴き明けば明けぬとも」はその代表で、天の川の向こう岸に一年もの間隔てられて住む織女との別れを惜しみ、鶏に鳴くなと言っている牽牛の歌だ。
しかし科学技術が進んで、もはや時を知らせる鶏の役割や、それに伴う趣あるストーリーがなくなってしまった。天岩戸の話が皆既日食のことであったと言われると、成る程と思うが、夢がなくなる。徹夜で勉強をし、鶏の声にはっとして窓外の東雲に目をやるときのあの情感もない。おまけに鳥インフルエンザで鶏たちの評判は芳しくない。しかし鶏は故人が残してくれた豊富な例えや諺で我々現代人の心を豊かにしてくれる。フランス語で〝faire le coq〟(雄鶏を真似る)とは「空威張りする」、〝Coq de village〟とは「村一番の伊達男」という意味だ。各国に似たような意味の諺が沢山あるが、その代表は「雌鶏が雄鶏よりも高らかに鳴くと、その家はひっくり返る」だ。ジェンダーの平等を率先して進めてきたはずの西欧各国に根強く残る諺だ。それでは二〇〇八年に大統領選挙を迎える、北米のある若い大国ではどうなるのであろうか?

(二〇〇七年一一月)

ロールキャベツ

「なあに、大丈夫。会場にはキャベツが並んでいると思えばいいのさ」中学生時代、生まれて初めてのスピーチを控えて緊張している私に父は言った。何故キャベツなのかなと思ったが、そんなことを聞くゆとりはなかった。

キャベツはもともと地中海沿岸などのヨーロッパに自生していたものを、ケルト人が栽培し始めた。キャベツの語源はケルト語の方言にあるそうだ。キャベツはどこででも周年栽培でき、そして安いので世界中で親しまれている。キャベツ人形というのがアメリカ発で流行ったことがある。変にリアルでお世辞にも可愛いとは言えない子供の人形だが、どこか愛嬌があり、親しまれた。キャベツはビタミンCなど栄養豊富だ。イギリスではキャベツ畑に赤ちゃんがいるという言い伝えがあり、子宝はキャベツから授かると信じられて来た。キャベツは二日酔いに効くとも言われている。それはスパルタの立法者リュクルゴスが、酒神デュオニソスのブドウ畑を荒らした罪でブドウ蔓で縛られたとき、悔しさに涙を落とした場所からキャベツが生えたという伝承に由来する。「キャベツのスープは医者から五スー（昔のフランスの貨幣単位）を奪う」という諺は、さしずめ「柿が赤くなると、医者は青くなる」のフランス版だ。こうした、人をほっとさせる庶民性、日常性がキャベツの人気の秘密なのだろう。その意味で父の言葉はもっともだった。「聴衆をレタスと思え」ではかえって緊張してしまう。

子供の頃好きだった食べ物にはいつまでも特別の愛着が残る。特に敗戦後間もなく、モノが無く家が貧しい時期に、母がなけなしの食材を使って丹精込めて作ってくれたものは、いくつになっても、またパリのような食都にいても特別だ。外務省に入って初めてモスクワに出張した時、会議の合間にボルシチを食べに行ったことがある。それは確かにおいしかったし、本物の味であった。しかし母の味ではなかった。がっかりした、と同時に何かほっとした。先日もロシア大使と食事をしながら、世界一のボルシチを出すのはモスクワではなく、母の家だと言ったら、彼は笑って賛成してくれた。

パリへ来てしばらくしてから、近所にロールキャベツの店があると聞いて早速行った。

大きなひき肉の塊の上に、こちら風の硬く筋張った大きなキャベツが一枚のっている。その後フランスでは中央部のオーヴェルニュ地方のロールキャベツが有名だと知った。パリでは「オーヴェルニュの大使館」という名の店で食べられる。ここのはひき肉の塊にキャベツが埋め込まれている。いずれもボリュームたっぷりで、歯ごたえもあっておいしい。「肉」と「野菜」を食べていることを実感する。でもそれは母の「ロールキャベツ」ではなかった。肉はもっと控えめで、柔らかいキャベツでたっぷりと包まれていなければならない。トマト・ソースではなく「あんかけ」でなければならない。あのシャルル・ドゴール元フランス大統領の好物もロールキャベツだったという。それもきっと特別のロールキャベツだったに違いない。あの偉大な将軍がロールキャベツを食べている姿を想像すると、急に微笑ましく、身近に感じてしまう。

しかしキャベツを使った庶民の料理はこれだけではない。アルザス地方の名産シュークルート・ガルニは、ドイツのザワークラウトのことで、発酵させたキャベツの千切りを山盛りにし、その上に茹でたソーセージやハムなどを載せた、極めて栄養価の高い食べ物だ。海軍が壊血病の予防になるとの理由で兵士の食事に使うほどだ。トンカツの横にも生キャベツの千切りが山と積まれる。キャベツは洋の東西を問わず、単なる添え物ではなく、かつ他の野菜の助けも借りず、山積みとなって肉と一対一で堂々と勝負するものらしい。六〇年代の売れっ子のセクシー女優ブリジット・バルドーの高く積み上げたヘア・スタイルも「シュークルート」と呼ばれた。

気候が厳しいアルザス地方では、地域の白ワインとシュークルートで冬を過ごす。この地方はもともとガリア人が住んでいたが、やがてローマ人、ゲルマン民族、フランク王国に征服された。普仏戦争でドイツに併合され、第一次大戦後フランスに戻り、またヒットラーに侵略され、戦後再びフランスに戻った。戦乱に明け暮れたヨーロッパの悲劇の舞台のひとつだ。その模様は、ドーデの『月曜物語』の「最後の授業」でうかがい知ることができる。遅刻しておそるおそるクラスに入ったフランツ少年を待っていたのは、アメル先生のムチではなく、これが最後のフランス語の授業であるという先生の言葉であった。普仏戦争で負けたため、アルザス・ロレーヌはドイツに割譲され、ドイツ語だけしか教えてはいけなくなるのだ。先生が熱っぽくフランス語の美しさ、明瞭さ、力強さを説き、ある民族がたとえ奴隷になっても、その母国語を保っている限り、牢獄の鍵をもっているのと同じであると力説する。やがて正午の鐘とともにプロシア兵のラッパが高らかに鳴る。立ちすくんだ先生は黒板に書く。「フランス、ばんざい！」

ユネスコで最も重要な会議のひとつに「世界遺産委員会」がある。選挙で選ばれた二一カ国が世界遺産に関する重要な決定を行う。しかし現在の委員国が西欧などの地域に偏っていて世界を公平に代表していないので、選挙の制度を変えるべきという声が高まっている。そこで作業部会をつくってじっくりと議論をし、皆が納得のいく制度改革をすることになった。ひょんなことから、その議長にさせられてしまった。各国とも政治的な思惑が背後にあるので、容易な作業ではない。一八四カ国すべての大使たちと一度に議論してもまとまる訳がない。しかし皆関心をもち、他国に任せようとしない。一月中にも最初の会合を開かねばならない。気が重い。内容の議論に入る前に、どうやって小グループを作って予備的な議論をした方が良いと説得できるか。一八四個のキャベツを前に何を言うか。悩んでいるうち偶然あるフランスの諺に行き当たった。使えそうだ。「料理人が多すぎると、キャベツは塩辛くなる」。

（二〇〇七年一二月）

タルト・タタン

「おいしいリンゴのタルトが食べたかったら、料理人にどの種類のタルトが良いかだけ言いなさい。例えばタルト・タタンとか」。会場の人たちはこの大使は一体何を言い出すのかとこちらを向いた。私は構わず続けた。「甘めが良いか、甘さを抑えた方が良いかといった注文も構わない。でもそれ以上は料理人に任せなさい。どの種類のリンゴを使えとか、オーブンに何分間入れろとか、こと細かく干渉したら、料理人はやる気をなくして、ろくなタルトはできないでしょう。料理人を信頼しなさい。そしてその結果、つまり出来上がったタルトを食べてから注文をつけなさい」。

これは二〇〇七年秋のユネスコ執行委員会での私の一般政策スピーチの一部だ。他の国際機関の例にもれず、ユネスコでも加盟国が事務局による予算の使い方にどんどん干渉するようになっている。国民の税金から分担金を払っているのだから、できるだけ効率的に使って欲しいのは当然だ。しかし個々の案件につき、会議を何回やり、どのスタッフに何をやらせるか等を決めるのは事務局の仕事である。加盟国はあくまで求めている「成果」が出れば良いのであって、「どうやるか」は任せるべきである。そもそも加盟国には事務局のスタッフの得意不得意や仕事の相互連関性など分かるはずがない。常に監視の目を光らせるべきだが、行過ぎた干渉は逆効果だ。こんな思いからこのスピーチをした。「リンゴのタルト・スピーチ」として知られるようになった。

一七世紀以来の科学の発展により、人は様々な自然現象の奥にあるルールを発見して、あるインプットをすれば、どのようなアウトプットが出るかを数学的に予測できることを知った。リンゴが木から落ちるのを見てニュートンが発見した万有引力の法則が分かれば、ある角度と強さで投げたボールがどのような弧を描いてどこに落ちるかが計算できる。経済学でも、公定歩合を何パーセントポイント下げれば、どのような伝達メカニズムを通して影響が経済全体に及び、成長を加速させるか計算できる。人は世の中のすべてのことにつき、いずれは原因と結果を計算式でつなげるようになると思った。

しかし実態がそれほど単純ではないことが次第に分かってきた。ひとつのインプットは、やがて他の分野に影響を与え、それが広く拡散して思いもよらぬ結果を生むことがある。六〇年代にすでに環境問題について警鐘を鳴らしたレイチェル・カーソンは、ＤＤＴの発明で害虫を殲滅させるという目標は達成したかも知れないが、それが生態系全体にとんでもない害をもたらしたと書いている（『沈黙の春』）。生態系の微妙な連関性は、今の科学のレベルをもってしても到底解き明かすことができない。この複雑性を背景に、最近「結果重視」という政策がとられるようになった。自国政府の政策であれ、途上国への援助であれ、予算をどう使うかには干渉せず、出すべき結果を明示し、そのやり方は本人に任せるというものである。人間の活動もあまりに複雑で、ある特定の結果を出すにはどのようなインプットが必要かを計算することはできないこと、それよりも目標を与えて、後は本人達の経験と勘に任せた方がうまく行く可能性が高いことを認めたのである。リンゴのタルトを作るときも、リンゴの酸味や砂糖の甘味等すべての関連する要素を係数化し、その組み合わせと「おいしさ」の関連を見つけ出そうとするよりも、料理人の長年の経験と勘の方がものを言うのである。

リンゴは人間が栽培を始めた最初の果物のひとつで、欧州には四千年以上の歴史がある。昔から果物の代表で、同時に知恵、不死、豊饒、美、愛の象徴でもあった。従って、『旧約聖書』はアダムとイヴが食べた木の実が何かは特定していないが、当然リンゴと解釈された。神話、伝説、絵画、詩等にも頻繁に登場する。リンゴはトロイア戦争の契機ともなった。ある婚礼に招かれなかった不和の女神エリスは、怒って黄金のリンゴを「最も美しき女神に」と言って宴席に投げ入れる。このリンゴをめぐって三人の女神の間に争いが始まった。大神ゼウスから裁定を任されたトロイア王子パリスは、自分を選んでくれれば世界一の美女を与えると約束したアフロディテにリンゴを渡す。やがてパリスはアフロディテにそそのかされてスパルタ王の妃ヘレナを奪うためスパルタを訪れ、王の留守にヘレナを連れ去る。これが十年に及ぶ戦争の始まりであり、有名なトロイアの木馬の話になる。

リンゴはまた占いにも使われる。大晦日などに若い未婚の女性がリンゴの皮をむき、左の肩越しに後ろに投げ、それが地面に落ちたときに作る形から、将来の夫の名前の頭文字を読む。スコットランドでは女性が鏡の前に立って目を閉じたままリンゴを食べ、目を開けるとそこに将来の夫の顔が見えると信じられていた。リンゴは人間との付き合いが長いだけに随分重大な責任を負うことになったようだ。

タルト・タタンは、砂糖とバターと水を火にかけてキャラメル状のものを作ったところにリンゴの塊を敷き詰め、最後にパイ生地を上に被せて再び火にかける。焼きあがったタルトは客に出す時にリンゴが上になるようにひっくり返す。この奇妙な作り方がタルト・タタンの特徴で、ロワール渓谷のソローニュ地方の有名なエピソードに由来する。ある小さなホテル・レストランを経営していたタタン家の姉妹が一八八九年のある日、伝統的なデザートを作るつもりで、慌てていたからかパイ生地を敷くのを忘れたままリンゴを先に焼いてしまった。仕方なく上からパイ生地を被せ、それを焼いて裏返して出したら思いがけず客に好評だった。リンゴにキャラメルが浸み込んで独特の味を醸し出していたのが、客の狩人たちに受けたのだ。やがてある美食家によってパリに紹介されてフランス中に広がったという。この姉妹はとんだことから、予め予想もできない「結果」を見事にもたらした。このタルトは数学的な方程式からは生まれ得なかったであろう。姉妹は独身のままだったらしいから、リンゴは夫探しでなく、フランス文化への不朽の貢献という栄光を彼女らにもたらしたことになる。

（二〇〇八年一月）

「熱狂の日」のお粥

「ナント、終着駅ナント……」というアナウンスで目が醒めた。パリを出て約二時間。左手にロワールの下流、右手に運河を見ながら長い橋を足早に渡る。昨年に次いでの音楽祭「ラ・フォル・ジュルネ」だが、今回は特別の使命がある。ホテルに着くやすぐ日本人の演奏家Sさんのマネージャーと連絡をとり、紙袋を手渡した。中身はお粥と梅干、それに瓶詰めのサケだ。

アンリ四世が信教の自由を認める「ナントの勅令」を出したことで知られるこの都市は、やがて貿易や造船業で栄えた。しかし二〇世紀の半ば以降、貿易の中心が他の港に移り、街は経済的苦境に直面した。一九八九年、文化による都市再生を唱えて市長に当選したジャン・マルク・エローは、次々と意欲的な文化政策を打ち出した。ナント市は瞬く間に活性化して若者の人口が増加し、二〇〇三年から二年続けて週刊誌『ル・ポワン』による「フランスで最も住みやすい都市」の第一位に選ばれ、その後何度もこの座を占めた。

この成功に最大の貢献をしたのが、一九九五年に始まった「ラ・フォル・ジュルネ」だ。クラシック音楽を大衆に親しみのあるものにし、それを都市の活性化の起爆剤にしようという、異能の音楽監督ルネ・マルタンの着想は大成功した。四五分間に短縮した公演を、朝九時から夜一一時まで、大小一〇の会場で同時並行的に行う。五日間で三〇〇近い数の公演になり、入場料も破格に安い。それまでのクラシック音楽の常識を大きく打ち破る企画だが、そもそも「ラ・フォル・ジュルネ」の名称は、モーツアルトのオペラ「フィガロの結婚」の原作となった、ボーマルシェの戯曲『たわけた一日(ラ・フォル・ジュルネ)、またはフィガロの結婚』の前段からとった由で、マルタン氏が初年度のテーマをモーツアルトにするに当たり、思いついたという。この大ヒットは直ちに世界に広がり、二〇〇五年には東京国際フォーラムで「ラ・フォル・ジュルネ・オ・ジャポン『熱狂の日』」が始まった。二〇〇四年のある日、外務省の広報文化交流部長をしている私に、マルタン氏が日本でも同じ企画ができないか相談に来た時のことが思い出される。

この成功を導いたものは、「文化・芸術」の創造性を都市の活性化に活用するという目のつけどころの良さ、そして市民を消費者ではなく参加者にしたことにある。チャールズ・ランドリーが自著『創造的都市』の中で、これからの都市政策に必要なものは、創造性、全体性、予見性、そして大衆性であると述べているが、ナント市の試みではこれらがうまく嚙み合っている。実際今回聴いたすべての演奏の質が高いだけでなく、その六割がナント市民といわれる聴衆のマナーが極めて良いことに驚かされた。これからは、文化的創造性が人間の力の重要な部分を占め、国家という単位ではなく、都市や、国境を越えた個人のネットワークが、市民の創造力の発揮と交流の場になると言われている。外交に携わる者もそうした流れをよく見極めた上で政策を考えていかねばならない。そんな気持ちで週末の列車に乗った。

今年のテーマはシューベルトだった。若いころシューベルトが好きになる契機となった変ホ長調の即興曲を一日に三回聴くことができた。昨年はチャイコフスキーのピアノ協奏曲とバイオリン協奏曲をひとつのコンサートで連続して聴いた。まさに「ラ・フォル・ジュルネ」ならではのことだ。日本人の若手アーチストも大活躍で、ソリストだけで一〇人が出演している。同じ時期にスイスのダボスで開かれる「世界経済フォーラム」では、日本の影が薄くなる一方と言われているが、ナントでは日本は健在だ。パリを出る前にその中の一人で既に現地入りしているSさんに連絡をとったところ、食べものに当たってお腹をこわし、数日間何も喉を通らない状態だと言う。その日の夜には大ホールで演奏がある。無理して出て途中で気分が悪くなりはしないか、何日も食べていないのに体力は持つだろうか……。人ごとながら気が気ではない。そこで出かける前にコックさんに急遽頼んでお粥を作ってもらい、梅干やサケを添えた「差し入れ」となったのだ。

何故お粥にしたのかは余り深く考えなかった。硬いフランス・パンや果物が、疲れた胃や腸に良いとは思えない。アニメ『千と千尋の神隠し』で、千尋がリュウからお握りをもらって食べながら思わず大粒の涙を流すシーンがある。日本人は古くからコメを愛し、蒸したり、水を入れて煮たりして食してきた。前者を飯《いい》、後者を粥《かゆ》と呼んだ。従来日本人は必要なエネルギーの七〇%、たんぱく質の三〇%をコメから摂ったという。コメに含まれるたんぱく質はアミノ酸組成が良いそうだ。脂肪もある。お粥は特に消化吸収が良いので、病人食や離乳食として使われてきた。またお粥は昔から祝日の食べ物であり、家の棟上げの際に柱に供えられたり、粥占《かゆうら》という占いに使われる等、日本人にとって極めて身近なものであった。そんなお粥だが、外国で活躍する現代の日本人アーチストに効くだろうか。

ホールからホールへと演奏会の「はしご」をしながら気をつけているが、夜の大ホールのプログラムについて「演奏会中止」や「奏者変更」の掲示はない。そして遂に予定時刻が来た。Sさんは元気な足取りで舞台に現われた。そして最後まで見事に弾き終えた。カーテン・コールの際にお辞儀をした時、ちょっとふらついたように見えた。その後、楽屋にお祝いに伺ってそのことを言ったら、Sさんは笑って答えなかった。翌日の室内楽の演奏も見事だった。仲間と呼吸を合わせる時など、演奏が楽しくてたまらないという表情であった。さすが天才少女と言われた一流のアーチスト、舞台に上がると体が自然にしゃんとし、一挙に芸術の高みに入っていくのであろう。お粥の効用があったかどうか聞こうと思っていたが、そのオーラのようなものに気圧されて、聞きそびれた。

天才とは何か、自分とどこが違うのかをこの機会にじっくり考えるつもりで、勇んで帰りの列車に乗り込んだ……。そして「パリ、パリ・モンパルナス駅……」というアナウンスで目が醒めた。そして少なくとも天才は体調不良や睡魔を乗り越える集中力がある点で、自分とは違うのだと納得した。

（二〇〇八年二月）

忘れられた野菜

「ボンジュール、今日は何にしますか?」行きつけの八百屋の入り口で、まだ高校生と思われる娘さんが寄ってきて言った。パリジェンヌにしてはほっぺたがリンゴのように赤い。週末はきっと郊外の農園の手伝いでもしているのだろう。「忘れられた野菜ってありますか?」「はい、どれがいいですか?」「ええと……ナンとかブールとか言うの……」「ああ、トピナンブールね、ありますよ」と言って彼女は店の奥に案内してくれた。太いガラスの筒にそれは入っていた。大きな生姜のようなでこぼこの形で、クリーム色と茶色のまだら模様。しばらく眺めたが特に食欲が湧くものではなかったので、ミカンだけ買って帰ってきた。

それより数日前、パリ郊外の小さなシャトーの会場を借りて、リトリートをやった。リトリートとはもともと撤退とか、隠遁とかの意味だが、転じて忙しい幹部が郊外で泊りがけで二〜三日を過ごし、長期的課題などを話し合うことを指すようになった。オフィスや会議室では、どうしても毎日の業務の処理や電話に追われてじっくりと天下国家の議論をする雰囲気にならない。そこでいつからか幹部を外に連れ出してこうした場を確保する習慣になった。セミナーの主催者が、リゾート地などを選ぶことが多い。参加者はリラックスした気分になり、発想も自由になるので良い議論ができる。寝食を共にするから人間関係の構築にも役立つ。交通の便が悪い場所でやることが多いのは、一旦入ったらなかなか出られないのでかえって二〜三日ゆっくりできるからだ。偉い人をしばらく釘付けにするのに好都合だ。

そこでユネスコの有力大使ばかりを一五人招いて、リトリートをやることにした。皆忙しいし、こちらも予算がないので、泊りがけではなく朝から晩まで丸一日シャトーに閉じ込めて、ユネスコの将来についてじっくり議論させようというものだ。人選には殊の外気を遣った。何故彼（女）を呼んだのか、何故自分は呼んでもらえなかったのか……等批判はいくらでも予想できる。またジェンダー・バランスや地域のバランス等、政治的配慮も欠かせない。結局自分を含めて男八人、女八人、先進国八人、途上国八人、主な地域から二〜三名ずつというバランスが達成できた。議論は如何にしてユネスコの役割の重要性を世界に伝えるか、過去の業績をどのように加盟国が評価して将来の予算配分に反映させるか、来年選ばれるであろう新しい事務局長には何を期待すべきか等に及び、夕食が終わっても深夜まで議論が続いた。参加大使の普段見えない人柄や本音を垣間見ることができた。

このシャトーはナポレオンのお妃ジョゼフィーヌが晩年を過ごした小さなお城で、彼女は植物を愛し、世界の熱帯植物を集めるのが趣味だったという。またそこでは庭で飼っているミツバチから作った自家製蜂蜜を分けてくれる。素朴だが味が良い。庭には最近はスーパーには出ないが昔ながらの野菜もあるという。こうした野菜が最近「忘れられた野菜」（レギューム・ウーブリエ）という名で、静かなブームになりつつあることを知った。じゃがいもや人参、トマト等の種類もあれば、聞いたことのない野菜もある。

では何故このような野菜のリバイバルとなったのだろうか。一七世紀以来合理性、効率性を旨として生活レベルの向上を追求してきた近代化の流れの中で、世界の主要な種苗会社は生産性が高く、病虫害に強く、世界のどこでも栽培でき、栄養価が豊富な交配種をつくり、その他を流通経路から外してしまった。「忘れられた野菜」の復活は、それに対する反動なのだ。それぞれの土地にはその気候風土に合った作物があるにも拘わらず、その違いを無視し、人間の都合だけで一握りの品種だけに特化することは、多様性に富む生態系の維持という、地球の将来にとって重要な価値をないがしろにすることにつながるという危機感なのだ。これまで人類は七〇〇〇種の野菜を栽培してきたが、今や一五種の植物と八種の動物だけで食物の九〇％を賄うようになってしまった。一〇〇年前に栽培していたものの七五％が消滅してしまったとの推計もある。忘れられた野菜ブームは単なるノスタルジアではなく、地球の将来を見据えた真剣な運動なのだ。そしてそれは余分な肥料や除草剤等を使わぬ有機栽培を容易にするので、今の健康ブームにも合っている。

こうした過去の野菜として注目されているもののひとつが、先述のトピナンブールである。これはカナダでインディアンによって栽培されていたという珍しい生い立ちをもつ芋の一種で、アーティチョーク（朝鮮アザミ）の香りがすることで知られる。日本ではキクイモという。一七世紀初めにフランスに輸入されたが、第二次大戦中はこれを庭で栽培して飢えを凌いだというから、年配のフランス人にはあまり良いイメージがないらしい。それにも拘わらず、専門の農家が質の良い製品を作り始めた。パリ郊外のセーヌ河沿いのイヴリーヌという町には、中世から代々農業を営んできたという農家がある。そこの主ジョエル・チェボーさんは「忘れられた野菜」の復活に汗を流した。いまや一七〇〇種類の野菜やハーブを栽培し、星つきレストランのシェフたちがその野菜を競って買い求めるようになったそうだ。

近代化の下、農業においても効率性が世界的規模で追求されてきた。その結果としての多様性の喪失とそれがもたらす恐るべき帰結を、農家の人々は本能的に察し、若者が呼応し、シェフたちがその手助けをしているのかも知れない。高級レストランのシェフの贅沢な遊びではなく、一般の家庭にも入っていることを確かめるため、近くの八百屋で聞いてみたのだ。

毎日の競争を生き延びるための論理から脱却して、ものごとの長期的本質を見定めることを目的とするリトリートに参加したユネスコ大使たちが、野菜栽培の分野においても自分たちと全く同様のアプローチをする者がおり、それが地球の将来のために既に行動に移されていることを学んだとすれば、リトリートは予想以上に成功だったと言えるだろう。

（二〇〇八年三月）

鯛の塩焼き

「あ、しまった」と思わず心の中で叫んだ。目の前に置かれた立派な鯛の塩焼きからは、見事に皮とヒレと内臓が取り除かれていたのだ。魚料理は塩焼きが一番で、特にパリッと焼いた塩辛い皮と、ヒレの周りの身（えんがわ）と、苦味のある内臓が何より好きだ。フランス料理にはそれがないので、普段メインには大抵肉をとる。しかしたまたま「鯛の塩焼き」というメニューを見て、急に食べたくなって注文した。

だがフランスでは、魚の丸ごとの料理は、食べ易いように皮やヒレを取り除き、肉と背骨だけになって出てくる。ソール・ムニエルがその典型だ。気の利いたところでは、料理した魚を丸のまま見せて、一応「アラをとりますか?」と聞く。聞かれなくとも、注文する時に「丸のまま下さい」と言っておけば良い。だが久しぶりだったのですっかり忘れていた。

折角の鯛の塩焼きなのに……と悔やんだが後の祭り。しかししばらく食べていくうちに、ふと希望が湧いてきた。反対側は皮がついたままだったからだ。そこで勇んで背骨を外し、反対側の身と皮を一緒に口に入れた。再び「しまった」と思った。その皮には鱗がたっぷりとついていたのだ。皮を食べない習慣ならわざわざ鱗をとる必要はない。しかしそこまで思いが至らなかった。住み慣れた土地でも、外国での失敗はいつまでもあるものだ。鯛の塩焼きが好きだが、普段は二、三口しか食べないお殿様が、ある時片側を全部食べて、お代わりを要求した。家来があわてていると、ある者が「はい、直ちに」と言ってその鯛を下げ、裏返しにして戻ってきたところ、お殿様はことのほかご機嫌で、「さっきのよりうまいぞ」と言って召し上がったという、岡山県の民話を思い出した。

塩は、体に無くてはならないナトリウム・イオンと塩素イオンを供給する。生肉を多く食べていた時代には、ナトリウムなどのミネラルが含まれていたので、特段塩をとる必要は無かった。現に旧石器時代には製塩の痕跡はないそうだ。しかし穀類を食べるようになると、塩は不可欠になった。文明は塩のとれるところに発達したとも言える。塩は、各地で食品の味付けと保存のために使われた。ギリシャ・ローマ文明では生野菜に塩を添えて食べた。これがサラダになり、フランス料理のソースに発展した。サラダもソースもその語源はラテン語で塩を意味するサル（sal）を起源とする。保存食の代表であるソーセージの語源はラテン語で肉の塩漬けを意味するサルサスだが、これもサル（塩）からきている。塩は必需品であることから貨幣の役割も果たし、また給料の支払い手段にもなった。サラリーとは、塩の支給を意味するラテン語のサラリウムに由来している。東洋でも同じだ。塩加減を意味する塩梅《あんばい》という言葉は中国の『書経』からきた。また『漢書』には、「酒は百薬の長」の対句として「塩は食肴《しょくこう》の将」というのがある。マルコ・ポーロは『東方見聞録』で、チベットの原住民はモンゴル帝国の発行する貨幣は使わず、塩を通貨としていることを紹介している。日本でも古くから野菜に塩を使ったが、サラダではなく漬物という形になった。魚介類にも塩が使われたことは、『万葉集』に、難波の入り江にいた蟹が塩漬けにされる痛みを詠った、痛ましくもほほえましい一首があることからも分かる（巻一六）。日本でも塩は古代から極めて大事なもので、オオカミなどが跋扈する夜に塩を移動することが禁じられ、また夜間に塩の名を口にするときはオオカミに分からぬように「波の花」と言い換えたという。日本には岩塩が無く、塩は海からしかとれなかったことから一層大事にされ、またこの名になったのであろう。

人類は塩のこうした価値を早くから直感し、信仰や儀式で無くてはならないものになった。『聖書』では神と人との間にある聖なる絆を「塩の契約」と呼んだ（『民数記』など）。また供物に塩を加えることを命じ（『レビ記』など）、塩は穢れを祓うものでもあることを示した（『列王紀』下）。「あなたがたは、地の塩である」（『マタイによる福音書』）という有名な言葉は、こうした塩のもつ価値を総合的に象徴しているように見える。塩の不変性は友情の象徴でもあり、またスタンダールの『恋愛論』は、ザルツブルグの塩の廃坑に、葉を落とした木の枝を放り込むと、二、三カ月で見事な結晶になることを、恋愛の精神的作用の比喩として使っている。日本でも塩は相撲や料亭で「清め」の役割を果たし、またその力への信仰から、弱い子は塩売りと仮の親子関係を結ぶという習慣もできたという。

フランスには、「人を良く知ろうと思ったら、その人と山のような塩を食べなければならない」という諺がある。食事を重ねることで、次第に打ち解けてお互いが分かってくるという意味だが、食事には、目に見えないが必ずわずかの塩が入っているところに注目している。外交官にとって社交の食事は楽しみであると共に、実は大きな負担でもあることを物語っている。昨年ユネスコで、ある決議案を全会一致で採択するに当たり、普段孤立気味のある国を説得しなければならないことがあった。私が偶々その国の大使と食事を重ねて親しくなっていたことから、説得できた。塩を若干加えることでお汁粉の甘みが増すように、表面には決して出てこないが裏で全体に貢献する、日本独特の「隠し味外交」と言っても良いかも知れない。

民主主義国家にとって外交は難しい。長い目で見れば国益に資すると思われる政策を決めても、短期的な視点に立った政府批判がメディアに出ると、推進しにくくなるからだ。その政策に反対する者は、それを利用する。政府も「世論の反対」を口実に約束を反古にしてしまうことがある。最近ある国との交渉で相手が「大丈夫、必ず日本との関係で変なことにならぬようにする」と言った時、「そうは言っても仮にメディアが騒いだら、政府として守りきれないでしょう」という言葉が出かかった。しかし咄嗟に止めた。「そうなったら約束を破られても仕方ない」と認めることにつながるからだ。「敵に塩を送る」ことになってしまう。

(二〇〇八年四月)

カルバドス

「そのとき一気に、思い出があらわれた。この味、それは昔コンブレーで日曜の朝……、叔母が紅茶か菩提樹のお茶に浸してさし出してくれた小さなマドレーヌの味だった。」

「時」を主題にしたプルーストの『失われた時を求めて』のこの有名な一節は、主人公がマドレーヌの一切れを紅茶に浸して何気なく口に入れた途端、子供の頃の記憶が蘇る瞬間を記述している。喘息に悩んだプルーストは、しばしばフランスの北西部ノルマンディー地方の小さなイリエ村で長期の休暇を過ごした。この村はその後、この長編小説の舞台となった架空の村コンブレーにちなんで、イリエ＝コンブレーとその名を改めた。三月のある週末、この村の近くの港町ドーヴィルを訪れた。

長年ノルマン人に支配され、一〇六六年に彼らが英国を征服してノルマン朝をつくると共に英国領となったこの地方は、百年戦争の結果、一四五〇年になってやっとフランスが取りもどす。沿岸には、モネの『印象、日の出』で有名な港町ル・アーブルや、作曲家サティを生んだ漁港オンフルールなどがある。ドーヴィルでは毎年アジア映画祭が開催され、アジアの大使たちが招かれる。今年初めて市長主催の昼食会から参加した。英語がうまく、男前のフィリップ・オーギエ市長は、この街では三七年前から米映画祭、十年前からアジア映画祭をやっていると説明してくれた。その他にも、競馬、クラシック音楽祭、本の見本市、オークション等、年間を通して催し物がある。これらを目当てに訪れる観光客を泊める高級ホテルの数々やカジノがある。クラシック音楽祭「ラ・フォル・ジュルネ」を始めたナント市のように、ドーヴィルも早くから文化・創造産業による街おこしに成功した。カジノの収益の一部は文化行事に回すことになっているそうだ。それなら私も昔、微力ながらこの街の文化行事に貢献したことになる。ただ最近インターネット博打が普及したことが相当の痛手であると市長は言う。

昼食の後、ホテルの出口の階段で記念写真を撮った。目の前には砂浜が左右に延々と広がっている。一九四四年のD・デー、連合軍が上陸した模様を想像してみた。当時の写真と、映画のシーン、そして目の前の平和な海岸はなかなか結びつかない。右手の並びにあるノルマンディー・ホテルは、映画『男と女』の舞台となった。一九六六年にカンヌ映画祭でグランプリを取ったこの映画にしばしば登場する海岸のシーンが想い出される。一人娘に御伽噺を話してやる女、犬を連れて歩く老人の後ろ姿、モンテカルロから車を飛ばして駆けつけ、砂浜で車のライトを点滅させて女と子供たちに合図をする男、いずれも冬の厳しい風や雪の中での美しいシーンばかりだ。カラーと白黒の映像が効果的に組み合わされる。そしてフランシス・レイの音楽……。プルーストもきっとこの辺りの海岸を散歩したに違いない。

こうして目の前の砂浜には、事実と、想像された事実と、仮想、それぞれを伝える映像と記憶のすべてが一瞬のうちに交錯する。外交上のつき合いはいろいろあるが、こうしてゆったりと海を眺め、時がもたらす様々な人生の様相に弄ばれながら半日過ごすのは悪くない。

さらに嬉しいことに、夜のギャラ・ディナーの前に上映される映画は、山田洋次監督の新作『母べえ』だった。半ば得意顔で席についた。しかし観ているうちに、次第に緊張を覚え始めた。日本が戦争に入っていくにつれて言論統制が厳しくなり、他方で狭量なナショナリズムが広がって侵略を正当化していく。戦闘の場面こそなかったが、コメの配給や貴金属の徴収など、両親から聞いた辛い思い出が戻ってきた。そして後ろの席にいる韓国や東南アジアの大使たちとその家族のことが気になった。彼らは、その父親は戦争に行ったのだろうか。日本軍と戦ったのだろうか……等と考えると、次第に昼間のくつろぎ感が失せていく。映画が終わったら、彼らに何と言おうか。過去と、記憶と、それを背負った人々。アジアの大使仲間との関係には、深く、整理しきれない背景があることが今更ながら感じられた。

映画が終って明かりが点いた。同じ列にいた市長が近寄ってきて言った。「素晴らしい映画でした、大使。泣きました」。彼の微笑んだ顔の奥にある目は、まだ潤んでいた。そして廊下で、階段で、私が日本の大使と分かると皆が口々に賞賛の言葉をかけてくれた。ディナー会場に着くと、隣のテーブルに韓国大使一家が座っていた。さっきロビーで紹介された娘さんもいる。パリでデザインを勉強しているという。思い切ってその娘さんに感想を聞いてみた。「最初から最後まで、ずっと泣き通しでした」と笑顔で答えたその顔は無邪気で、屈託がなかった。両脇で微笑む両親の顔も穏やかだった。急に緊張がほぐれ、午後の幸せ感が戻ってきた。過去の事実も、その記憶も永遠に消えない。それは現在の一部ですらあるだろう。しかし皆それぞれのやり方でそれを消化し、笑顔で包んでいる。『男と女』にも、列車に乗った女が「夫は死んだわ、でも私の心の中では未だなの」と言うシーンがある。

ディナーでは食後に地元の名物カルバドスが出た。ノルマンディーにはブドウの木が育たないので、昔からリンゴ酒・サイダーや、リンゴのブランデー・カルバドスが名物だ。ガリア人時代のフランスを描いた漫画『アステリクス』のノルマンディー編にも、ノルマン人が侵入してくる際に、カルバドスが名物として提供される場面がある。ル・トルー・ノルマン（ノルマンディーの穴の意）という言葉がある。長い食事の間に小さなカップでカルバドスを飲むことを指し、次のコースを前に食欲を回復するのが目的だ。時の流れに身をまかせつつ、人生を楽しむこつにかけてはフランス人に敵う者はいない。穏やかなくつろぎを取り戻したディナーでのカルバドスはことの外おいしかった。

夜中になってやっと夕食会は終わった。思いがけず「時」について考えさせられた一日だった。明日からまた忙しい毎日が始まる。しかしいつかカルバドスの香りをふと嗅いだ時、この日の想い出が彷彿と湧いてくるであろう。

（二〇〇八年五月）

ビシソワーズ

滑らかな舌触りと、ほのかなジャガイモとねぎの香り、氷で冷やしたクリスタルの中で上品なすまし顔をしているビシソワーズは、暑い夏に食欲をそそるジャガイモの冷たいポタージュだ。セーヌ河沿いのレストラン「ル・ヴォルテール」で食べられる。昔パリ在住で、ニューヨーク・タイムズの辣腕コラムニストだった故フローラ・ルイス女史のご愛用の店だった。彼女は米国民であることに誇りをもちつつも、欧州に偏見をもち独善的な政策をとる米国政府に常に批判的だった。

ビシソワーズは、一九二〇年代初め、鉱泉で知られたフランスの街ビシーで生まれた。しかしジャガイモが小麦、トウモロコシ、稲に次ぐ第四の作物の地位を獲得し、このエレガントな料理に変身するまでの道のりは決して平坦なものではなかった。ジャガイモの原産地は南米ペルー、アンデス山脈のほぼ中央に位置するティティカカ湖のほとりである。海抜三、八〇〇メートルの高所では、樹木や穀類は育たず、ジャガイモに頼るしかなかった。アンデス人たちは、気候を利用した独特の方法で、ジャガイモから水分とソラニンという有毒物質を取り除き、乾燥させて「チューニョ」という貯蔵、運送に適した食物をつくった。この知恵により、アンデス人の定住化、人口増加が進み、文明が発達したと言う。しかし「チューニョ」には、ポトシ銀山においてスペイン人が現地人に過酷な労働を強いたときの食糧であったという悲しい記憶がつきまとう。

一六世紀になり、インカ帝国を滅ぼしたスペイン人がジャガイモを欧州に持ち帰った。そして同世紀末には、オランダ人船員がインドネシア経由で日本に持ち込んだ。ジャガイモは乾燥や寒冷地の気候でも容易に栽培できるが、欧州ではなかなか受け入れられなかった。そもそも地下茎を食べる習慣がなかったこと、有毒であるとか「らい病」の原因になるなどの噂や、ジャガイモは『聖書』に登場しないから食べると神罰を受けるといった偏見が原因らしい。

それでもジャガイモは欧州で広まった。カトリックの国アイルランドは、一二世紀から英国の統治を受け、清教徒たるクロムウエル時代に一層厳しい弾圧を受けて農地を没収され、小作人と化した。生産した小麦のほとんどを英国人地主に納めねばならなかった人々の生きる術として、ジャガイモ栽培が始まった。しかしアイルランドは、ジャガイモにばかり頼った結果、一八四五年「ジャガイモ疫病」がもたらした大飢饉で甚大な影響を受けた。百万人以上が死亡し、また百万人が北米や豪州などに移住した。ジャガイモは移民と共に再び新大陸の地に運ばれ、対英独立戦争を戦う兵士の胃袋を支えた。この移民から将来の偉大な大統領J・F・ケネディーが生まれた。

ジャガイモはドイツには一六世紀末に伝わったが、フリードリッヒ大王が、三〇年戦争で飢えに苦しむ民衆に「ジャガイモ令」を発してジャガイモ栽培を普及させたという伝説がある。ジャガイモがフランスに広まるには、ひとりの人間の知恵が必要であった。七年戦争に陸軍の薬剤師として参加したパルマンティエという農学者である。彼はドイツの捕虜になったときに食べたジャガイモの価値に気づき、帰国後ルイ一六世の庇護の下にジャガイモの普及に努力した。彼は、パリ郊外の土地にジャガイモを植え、昼間は銃をもった兵士にこの畑を物々しく守らせたが、夜間はわざと警備を解いて周囲の農民などに盗むに任せるという奇策を用いたという。また彼は王室に働きかけて、マリー・アントワネットらの貴婦人が、ジャガイモの花を髪や胸に挿して着飾ることを流行らせた。ジャガイモの栽培に関する彼の著書が出たのは一七八九年、すなわちバスチーユの監獄事件の年である。ジャガイモはフランス革命時の民衆の胃袋をも満たしたのだ。彼の功績を讃えて、パリにはパルマンティエという名の地下鉄の駅がある。また料理で「パルマンティエ風」と言えば、「ジャガイモ添え」のことを指す。

イギリスでは一八世紀後半から始まった産業革命が生んだ労働者階級の食べ物として、ジャガイモと魚のフライを一緒にした「フィッシュ・アンド・チップス」が広がった。日本にはジャガイモに対する偏見はなく、明治に入ると、文明開化による肉食の普及と相まって需要が大きく増し、「肉じゃが」が普及した。大正時代には「コロッケ」ができるなど、淡白な味のジャガイモと肉とを組み合わせ、コメ食の日本人に馴染みやすいような工夫がこらされた。北海道の開拓に重要な役割を果たしたことは、北海道移住を夢見て果たせなかった国木田独歩の『牛肉と馬鈴薯』からも知ることができる。

このようにジャガイモの歴史は人類が抱く偏見の強さや、戦争、飢饉、収奪など人類の歴史の負の部分を思い出させる一方、すでに一六世紀末から始まっていたグローバル化のダイナミズムや、独立戦争や革命、開拓の下支えの役割、その中で個人が果たした役割など多くのことを物語る。また「ジャガイモ飢饉」は、単一品種への依存の危険性、多様性の維持の重要性を物語る重要なエピソードである。しかしそれにしてもジャガイモのイメージは地味で泥臭い。ゴッホの名作『馬鈴薯を食べる人々』も労働者の手仕事のシンボルとしてジャガイモを描いている。

しかし重要なことは、ジャガイモがビタミンCやでんぷんに富み、穀類に比べて太陽エネルギーの吸収率が高く、単位あたりの土地からとれるカロリーが大きいこと、そして寒冷の地でも栽培できることである。

持続的成長を目指す人類にとって、ジャガイモは今後の環境問題、食糧問題の解決に重要なヒントを与えてくれそうだ。これまで幾度も人類を救ってくれたジャガイモが、もうひと肌脱いでくれる日が近いのかも知れない。そのためには、穀類は上等で文明の基礎であり、ジャガイモは下級食物であるという偏見を捨てなければならない。ジャガイモの花を胸に挿し、ビシソワーズを注文することが格好いいという流行をつくる人がいつか現れないだろうか。

（二〇〇八年六月）

ハンバーガー

左手にハンバーガー、右手にペン。今年もめぐってきたユネスコ世界遺産委員会での昼休みに、ホテルの自室で書類と格闘する姿は、昨年と同じだった。違うのは左手にもっていたのがクラブ・サンドウイッチではなく、ハンバーガーであることだ。ハンバーガーは何か独特の「力」を感じさせる。今年の委員会でハンバーガーを選んだのも、日本の案件で苦戦し、「力」が欲しかったからに他ならない。

ハンバーガーの「力」の源泉は、その前身たるタルタル・ステーキにある。一三世紀頃から中央アジア地域を広く支配したモンゴル帝国の遊牧民族は、遠征に際して兵士一人が数頭の馬を率い、乗り継ぎながら毎日七〇キロも進撃し、その馬肉を食用にもしていた。彼らは固い乗用の馬の肉を柔らかくするため、生肉を刀で切って野草と混ぜて袋に入れ、馬の鞍の下に置いて遠征を続け、肉が押しつぶされて柔らかくなったところで味付けをして食べ、スタミナ源にしたという。ヨーロッパのキリスト教徒は、この強力な敵を恐れ、ギリシャ神話で「地獄」を示す「タルタロス」にちなんで「タルタル」と呼んだ。しかも『旧約聖書』では馬肉を食用にすることが禁止されていたため、キリスト教はもちろんイスラム社会でも、モンゴルの風習は奇異の目でみられた。

しかしこのタルタル・ステーキがモンゴル支配下のロシアを経て港町ハンブルグに伝わると、ドイツ人はそれを焼いて食べた。それがドイツ移民の手でアメリカに持ち込まれ、ハンバーグ・ステーキと呼ばれるようになった。肉には牛が使われた。一九〇四年にセントルイスで開かれた万国博覧会場内で、ハンバーグ・ステーキをパンで挟んだハンバーガーが、客を三〇秒以上待たせない簡単な食事として販売されて人気を博し、車を運転しながらでも食べられる食事として全米に広がった。一九四〇年に生まれたマクドナルドは、工場式のハンバーガー製造、車に乗ったまま買えるドライブスルーなどの形で、ハンバーガーをアメリカのみならず世界に広めた。モンゴル帝国の「力」による中央アジア支配を支えたタルタル・ステーキは、ハンバーガーという姿をとって、「力」と共に「効率」と「スピード」を信奉する現代グローバル化社会の象徴になった。

日本の「平泉」の世界遺産登録は先延ばしとなった。ユネスコの諮問機関が「平泉」は世界遺産としての価値を十分証明できていないとして登録「延期」を勧告し、委員会もそれを受け入れたのだ。昨年の石見銀山も同じような勧告を受けたが、その後の外交的巻き返しで委員会では逆転登録が決まった。その違いは何か？　それぞれのもつ価値が、世界遺産条約の下にある登録基準に照らして、専門的・技術的に証明できていないという点は共通だ。しかしその奥にある重要な要素が違いを生んだ。それはグローバル化の下でスピードが尊ばれる今日では、単純で分かりやすいメッセージでなければ文化を超えて世界に伝わらないということである。石見の価値を訴えるキーワードは、「緑の（環境に配慮した）鉱山」であった。鉱山は世界のどこでも産業の発展に重要だが、同時に環境破壊の代名詞ともなった。それが石見では一六世紀から植林などで緑を保ってきたことに、委員国は一様に感動し、技術的に基準をどう満たすかを問うことなく、世界遺産リストに新たなページを開くものとして「登録」を望んだ。「緑」と「鉱山」の二つの言葉だけで、文化や歴史の違いを超えた共通の価値観を訴えることができたのだ。「ハンバーガー」が説明なしでも世界に理解されるのと似ている。

それに対し平泉の価値は、中尊寺などの九つの資産が、浄土思想によってつながれていること、そして浄土庭園など地域全体が自然と融合していることにある。しかし「平和思想」と「自然」というキーワードはあまりに一般的過ぎる。理解してもらうには、前九年、後三年の役などの悲惨な戦争や、浄土思想の特徴、藤原清衡が命あるものすべてを浄土に導きたいとの願いの下に平泉を建設したこと、さらに当時流行した末法思想なども説明しなければならない。日本の歴史や伝統を知らぬ人にこれらを短時間で理解させるのは不可能に近い。各国代表に一生懸命説明していても、次第に相手の集中力が失せていくのが分かる。その結果、基準をどう満たすかという技術的な困難を乗り越えてまで「登録」を求めるだけの圧倒的な感動が生まれない。平泉の価値は目に見えない。石見銀山が今でも緑で覆われているのと違う。昼休みごとにハンバーガーからもらったエネルギーも空しく、審査の前日「今度は無理だな」と思った。

しかし平泉の価値が世界に認められる日は必ず来ると思う。否、来なければならない。自然との融合という価値観は二一世紀の世界が共有すべきものだ。また平泉は、中央に中尊寺を据えた、政治・経済・信仰の拠点であり、現世に浄土を再現することで平和を達成した。これは、真の平和は政治・経済制度だけでは構築できず、あくまで人の心から生まれるというユネスコ憲章の精神に通じる。ニューヨーク・タイムズ紙のコラムニストであるトム・フリードマンが、「マクドナルドが進出した国同士は戦争をしない」と述べ、大量の中産階級が現れた国の国民は個人の自由と繁栄を守るため、戦争を嫌うとの理論を展開した。民主主義国は相互に戦争をしないという「民主的平和論」の経済版だ。しかし平和のためには究極的には「心の平和」が必要である点を見落としている。そのような現状だからこそ、平泉の価値が通じるような世界をつくらねばならない。キーワードですべてを語れなくても、本当に価値あるものは、時間をかけて説明し、体験させることで、必ずや世界に理解される。昔はその価値を知られていなかった寿司が、今や世界で流行し、スシと言えば説明が要らなくなったように。この努力を続けなければ、戦争と環境破壊は続き、地球のサイクルを狂わせてしまうだろう。今年も世界遺産委員会の出張から帰った直後、我家のテラスで二つの野鳩の卵が孵ったが、それがいつまでも続くという保証はない。

（二〇〇八年七月）

イチゴのショートケーキ

運転手の重要な役割は、車の運転がうまいことだと最近まで思っていた。安全運転は勿論のこと、道を良く知っていて、渋滞のときに抜け道を探して、ご主人様が会合に遅れないようにすることは重要だ。しかし国際機関の政府代表部が雇う運転手にとってそれ以上に重要なのは、待つのがうまいことだ。

朝早くユネスコ本部に大使を送り込んだ後、入り口近くで待機し、親分がいつ出てきてもさっと車を横づけできるように出口を見張る。大使の予定表はもっているが、大使がいつ何時《なんどき》出てくるか分からない。ランチの予定がないと、昼休みにふらっと出てくるかも知れないし、会議場内のカフェに行ってしまうかも知れない。外でディナーの予定があっても、会議が長引いて夜遅くまで出てこないこともある。そのときは早朝から深夜近くまでひたすら待ち続けることになる。それでも外に出たとき、散髪を入れずさっと目の前に車をつけられると、娘が小さかった頃、帰宅して玄関を開けたとき、真っ先に飛んできてくれたことを思い出して感激する。しかし待っている間、運転手は何をしているのだろうか？

情報交換である。各国代表部の大使や秘書の噂話、スキャンダルなどは、一日で伝わる。仲の良い数人がグループでたむろし、情報交換をしながら必ず誰かが玄関口に気をつけ、仲間のボスが出てきたらすぐ教え合う。パリで数が多く、ネットワークが発達しているのがスリランカ人の運転手だ。今年の正月休みも、あるアジアの大使がディナーの帰りに車の中で急死したという情報が、翌朝すぐに伝わってきた。スリランカ・ネットワークが動いた。

我が政府代表部は最近久しぶりに日曜日にイチゴ摘みをやった。スリランカ人の運転手が家族連れで参加してくれた。パリからわずか三〇分のところにある広い畑には、見渡す限りイチゴや、インゲン、レタスなどの野菜が植えられている。入場料なしで、持ち帰る分だけを目方で測って安く買うことができる。子供たちのはしゃぐ声を聞きながら、大きくて赤い実を捜すが、なかなか見つからない。英語の〝Strawberry〟は、イチゴの実が不規則〝Straying〟に生《な》ることからきていると言うが、まさに大きな葉の下で、ひとつひとつの実が地面に放り出されてばらばらに這うように生っている。多くは小さいか、下半分がまだ陽を浴びていないため青い。市場に並ぶ粒よりの大きな実は、ビニール・ハウスで手をかけてつくられ、選りすぐられて街に届くのだということが分かった。それでも見つけた赤い実は、泥を落とすのが面倒だが、やはり新鮮でおいしい。ランチがいらない位食べた。

イチゴはビタミンCが豊富で、野生のイチゴは石器時代から食べられていたらしい。古代ローマでは万能薬として珍重されたという。世界に広く分布するが、本格的に栽培されたのは一四世紀のフランスやベルギーである。フランス語でイチゴを指す「フレーズ」はラテン語の「香り」という意味の〝Fraga〟から来ている。長く女・子供の食べ物と考えられ、農家に真剣に取り扱われることはなかった。しかしアメリカ大陸の植民地化がイチゴの歴史を変えた。一八世紀半ばに、オランダ人が北米種と南米のアンデスの麓のチリ種を混ぜて改良に大成功し、それが英国人の手によって大型化され、現在のイチゴの基礎となったからだ。英国ではイチゴは砂糖と生クリームをつけて食べるのが普通だ。ウィンブルドンの全英テニス選手権の観戦は、「ストロベリー・アンド・クリーム」無しには考えられない。他方フランスやイタリアでは砂糖をまぶしたイチゴと赤ワインが、男性のテーブルでもてはやされたこともあったらしい。初夏のまぶしい日差しの下で、真っ赤なイチゴは人生を生き生きとさせてくれる。小さな実だが、新旧大陸が結ばれることで品種改良が進み、それが世界を制覇した。

イチゴはキリスト教では正義のシンボルだ。イラクサのような植物の下で育てられてもおいしい実をつけることから、周囲の悪や不正に毒されずに自己を全うする正義の士と見なされたのだ。また聖母マリアの象徴でもあるが、これはゲルマンの母神フリッグが死んだ子供達にイチゴを食べさせて天国に送ったという神話からきているという。

日本へは江戸末期にオランダ人から伝えられた。イチゴといえば日本人はまずショートケーキを思い浮かべる。しかしこのショートケーキというものが何かは地域によって全く異なる。もともとはアメリカ人が、デザートとしてイチゴなどをビスケット状のケーキに挟んで食べ始めたものだ。ぼろぼろ崩れ易いケーキを油脂でまとめることをショートニングということからついた名前だ。シェークスピアの『ウィンザーの陽気な女房たち』には、アリス・ショートケーキという人の名前が登場する。その頃の英国にはレシピーもあった。他方一八世紀頃にスポンジケーキなるものが登場した。最初に現れた文献は、英国の小説家ジェーン・オースチンの一八〇八年の手紙で、彼女の大好物であったことが分かる。日本のショートケーキは、このスポンジケーキを土台にして、ホイップクリームをつなぎにし、イチゴを味付けにした独特のものだ。ケーキの街パリにも、日本人の経営するお菓子屋以外にはない。ただフレジエという似たケーキはあり、シャンゼリゼ通りの有名なカフェ「フーケ」のがおいしい。

こうしたイチゴは、春や愛の象徴にもなった。フランス語で「オー・フレーズ」と言えば「春に」という意味だし、「アレ・オ・フレーズ」と言えば、イチゴ摘みに行くことを表すと共に、愛を語るために森に行くという意味にもなる。世界各地の異なる種が交じり合って、そのいずれよりも品質が良く、誰にも好かれる品種に発展してきたという点で、イチゴは人類の文化のあり方のお手本かも知れない。代表部のイチゴ摘みが、運転手などの現地スタッフとの信頼関係を増すと共に、彼らが代表する様々な文化が一層良く交じり合って、代表部の仕事の質の向上につながると良いのだが。

（二〇〇八年八月）

カレーライス

「あ、またやった……」ダンボールと格闘しながら、また夕食を食べ損なったことに気がついた。ここコペンハーゲンではスーパーは早い時間に閉まるし、公邸の近くにレストランはない。

パリから転勤した直後のことだ。引越し荷物も車も陸路なのですぐ届いたし、運転免許証もEU内共通だからそのまま使える。こんなに楽な転勤は初めてだ。日本とヨーロッパの間の移動だと、引越し荷物は船で運ぶので二カ月はかかる。その間どちらで暮らすにせよいろいろな不便が伴う。出した荷物の一部が必ず後から必要になる。うっかりパスポートを船荷に詰めてしまったという笑えない話もある。逆に手許に残したが結局使わず仕舞いのものもある。そんなときは手荷物の超過料金がますます高く感じる。今回はこうした問題が少ないと思ってすっかり油断していた。昼間はデンマーク外務省儀典長への挨拶や銀行口座開設などの手続きに専念し、公邸に帰るや荷物を解くことに夢中になっているうち、八時を過ぎてしまったのだ。おまけに車は登録に先立つ車検に出したばかりなので乗れない。前日も同じ状態で、仕方なしにインスタント・ラーメンで過ごした。それだけは繰り返したくない。当てもなく台所をうろうろしているとき、レトルト・カレーを見つけた。電子レンジですぐ食べられるご飯もある。そして何と、福神漬けまで荷物の中に詰めてあった。引越しの直前に東京からの出張者に頂いたものだ。「レトルトものなど食べない、一生のうちに食べられる食事の回数はわずかしかない、一回々々を大切にすべきだ」などと豪語してきたプライドはあっと言う間に消えていた。ビールで渇いた喉を潤し、後は一気にカレーを食べた。

カレーとは、植民地下のインド在住のイギリス人が、混合した香辛料で味付けをしたインドの料理を総称し、独自に発展させたものである。名前の由来は「香辛料を調合したソース」を指すタミル語の「カリ」から来ているという。このカレーをヨーロッパに持ち込んだのは、東インド会社のウォレン・ヘースティングスで、一八世紀後半のことである。イギリスでは当初は下層階級の肉の調理法たるシチューの一種と考えられて、一九世紀前半まではその食生活に本格的に入ることはなかった。しかしその後、ローストビーフの残り物の冷めた肉を使い切る方法として効用を認められて広まった。ヒンズー教徒の間では残り物を食べることはタブーに近いものであったそうだから皮肉なものだ。インド人は、必ず毎朝いろいろな香辛料を磨り潰す。そのためにマサルチという特別の手伝いを雇う。インド人の家庭には必ずそのための石板と石の棒がある。しかしイギリス人は毎朝挽く代わりに出来合いのものを求めた。香辛料の混合であるインドのマサラがモデルとなったようだ。やがてC&B（クロス・アンド・ブラックウェル）社がカレー粉を商品化した。

こうした経緯からみれば、カレーが日本には「西洋料理」として入ったのは驚くべきことではないかも知れない。福沢諭吉が一八六〇年に訪米から戻ってすぐに出版した辞書『増訂華英通語』に「コルリ」の語として登場するのが最初だ。その後、日本最初の物理学者山川健次郎が、国費留学生として米国に渡る船の中で、カレーに遭遇した。その印象は、「あの上につけるゴテゴテした物は食う気になれない」というものであったと言う（『カレーライスの誕生』）。しかし日本に根付くのは早かった。シチューと合体した独特のものが、ハイカラな西洋料理として発達し、遂に国民食にまでなった。明治政府が西欧に対抗する上で国民の体力増進のために肉食を奨励する中、米飯文化に合った肉の食べ方として適していたのだろう。夏目漱石の『三四郎』では、カレーライス一皿六〇銭である。最近の各種調査によれば、日本国民は毎月四回程度カレーライスを食べる。またカレーライスだけでなく、カレーパン、カレー南蛮、カレーコロッケなどの多種多様なカレーが生まれた。そしてインド料理の必需品チャツネに替わるものとして、福神漬けが添え物の地位を獲得した。その経緯については諸説あるようだ。ひとつは日本郵船の船内食堂で出されたのが最初というもの、もうひとつは帝国ホテルの食堂だ。東京に出張するたびに、昼に時間があると必ず帝国ホテルのドライカレー（勿論福神漬けがたっぷりついている）を食べる者としては、後者に軍配を上げたいが、史実を曲げるつもりはない。戦時中の英語使用禁止の下でも、カレーは規制の対象にならなかった。すでに日本語になっていたのだ。

カレーは一八七三年には既に軍隊食となり、また一八八一年には札幌農学校の寄宿舎で一日おきに出されたという。食欲増進、保存、栄養などの面で重宝がられたということだ。大正時代の新兵募集では、入隊すればカレーが食べられることが宣伝されたそうだ。一九九七年には宇宙飛行士の毛利衛さんが宇宙でカレーを食べた。まさしく宇宙食を目指してつくられたレトルト・カレーだった。レトルト・カレーが生まれて三年後の一九七一年には、カップヌードルが生まれ、銀座三越にマクドナルド一号店が誕生し、世はファストフード時代に入る。
　生まれて初めて自分でつくったレトルト・カレーに満足して荷解きを終えたとき、目の前に『インドカレー伝』（リジー・コリンガム著）という本が出てきた。早速ページをめくってみた。そこには、カレーとビールの組み合わせはイギリス的だが、もともとはデンマークの王様が、クリスマスにアヒル肉のヴィンダルーというインド料理を食べるときに、カールスバーグのビールを飲んだのが最初であると書いてある。更に日本でのカレーについて、「日本人がほっと一息つける食べ物になったのだ。温かく、満腹感があって、堅苦しい礼儀作法のいらない料理だ」という件《くだり》が出てきた。コペンハーゲンで、ダンボールの山に囲まれながら、ジーンズ姿でビールを飲み、レトルト・カレーを食べてほっとしている自分の姿を、完全に見透かされたような気がした。

（二〇〇八年九月）

酢漬けニシンのオープンサンド

薄めに切った四角いライ麦パンをとってバターをたっぷり塗り、皿の真ん中に置く。その上に酢漬けニシンの切り身と玉ネギを載せる。さあいよいよデンマークの名物スモーブローに挑戦だ……と勇んで指でつかみ、ぱくついた。酢の効いたニシンの独特な味と、ライ麦パンの濃厚な風味が混ざって口の中を満たし始めたその瞬間、失敗に気がついた。あわてて残りを皿に戻し、すぐにナイフとフォークで切ってふた口目を口に入れ、何事もなかったかのように顔を上げた。前の席に座って見ていたデンマーク人女性は、心なしかほっとした表情で「いかがですか?」と聞いた。

スモーブローとは、デンマークの伝統料理たるオープンサンドウイッチのことである。ライ麦パンの上に載せるトッピングは多様で、あらゆる肉、卵、スモークサーモンなどの魚介類、野菜を使う。ただ忘れてはならないのは、いくら名前がサンドウイッチでも、あくまでナイフとフォークで切って食べることだ。コペンハーゲンに着任した直後、デンマーク女性と結婚している大使館員が、夫妻で半日近郊を案内してくれた。「生きるべきか、死ぬべきか」で有名な『ハムレット』の舞台となったクロンボー城を見たあと、レストランでスモーブローをご馳走になった。着任後最初の週末だったので気が緩んだのか、空腹と好奇心に駆られてマナーを忘れた。すぐ気づいてその場をつくろえたので、その館員夫人は、スモーブローはナイフとフォークで食べるものだということを、初対面の夫の上司に「言うべきか、言わざるべきか」という難問が即座に解決し、きっと安堵したに違いない。それにしても内輪の席で良かった。二日後の公式のランチで再びスモーブローにお目にかかったからだ。アジア・ハウスという会館で、デンマーク企業の幹部とアジアの大使たちが年二回情報交換をする場だが、初参加の日本大使が指でつまんで食べたら、後々まで語り草になったであろう。

ニシンはノルウェー沿岸や北海、太平洋北部に分布し、春になると大挙して沿岸に押し寄せ、岩場や海藻に産卵するので、古くから北ヨーロッパなどでは重要な食糧であり、その政治・経済史に重要な役割を果たした。とくに中世の北方貿易を独占して栄えたハンザ同盟にとって不可欠の商品となった。ただニシンは大漁、不漁の波が大きく、それに依存した都市の盛衰にまでつながった。現在の水揚げ量は大きく減ったが、今でもコペンハーゲンの魚市場に早朝行くと、陸揚げされたばかりの活きの良いニシンが見られる。その貿易は一四世紀頃からイギリス人やオランダ人の手に移った。初めてイギリスに行ったとき、彼らが朝食にニシンの燻製を食べるのを見てびっくりしたことを覚えている。昔はニシンで納税したとか、王女の嫁入りに持参されたなどという話も聞くが、安価で栄養価があるから、庶民に親しまれた。キリスト教では、復活祭の前の四旬節では肉を食べてはいけないことになっていることから、春に大量にとれるニシンは絶好の食材だった。英国には、塩漬けニシンが産卵して増えることを期待して、村人がこぞって手持ちの塩漬けニシンをすべて池に投げ入れたが、全部うなぎに食べられてしまったという昔話まである。燻製ニシンを意味するレッド・ヘリングという言葉は、人の注意を混乱させることを意味するが、それは、その匂いが猟犬の鼻を麻痺させて獲物を追えなくなるほど強いことからきている。一九世紀のフランスに、ニシンの燻製は安くておいしく、酒に合い、人を饒舌にするので、労働者向きだというシャンソンがあった。

日本のニシンの歴史もどこか似たところがある。もともとアイヌの人たちが呼び名にしたヌーシイが訛ってニシンになったらしいが、重要な食糧であったことから、神魚《カムイチェップ》とも呼ばれていた。江戸時代、松前藩による北海道開発に伴って本格的な漁業が行われるようになったが、とれたものはサケやコンブなどと共に松前船《まつまえぶね》による独占的貿易の主要商品となった。ソーラン節は、網の中のニシンを陸揚げするときの音頭として歌われ、民謡になった。ニシンで財をなした漁師が、瓦、松、ヒノキの巨木で建てた屋敷はニシン御殿と呼ばれた。鮮度の低下が早いので、日本でも酢漬けや塩漬け、燻製にされることが多い。身を二つに割って素干ししたものは身欠きニシンと呼ばれる。冷蔵技術や輸送手段が未発達の時代の山間地では重要な食材になったという。近江商人も活躍し、京都でニシンそばが名物なのは、彼らの活躍の結果らしい。松前町と近江八幡市が姉妹提携をしているのもそうしたゆかりがあるからだ。

庶民に親しまれたニシンにまつわる話は日本にも多い。ニシンは大きな音を嫌うと信じられていたので、漁期の街では鉄砲などの鳴り物は禁止され、またニシンを好物としているクジラやキツネの名は、口にするとニシンが逃げるので漁場での禁句とされた。ニシンは春と共にやってくるので春告魚という当て字を使うし、俳句では春の季語になっている。ただニシンは桜が咲く頃になると来なくなるので、漁師たちは桜が早く咲かないように願ったという話もある（今田光夫『ニシン文化史』）。
宮崎駿さんのアニメ『魔女の宅急便』では、主人公のキキが、老婆の作ったニシンとカボチャのパイを女の子に届ける場面がある。このあまり馴染みのないパイを食べたことはないが、何か庶民的で、ほのぼのした雰囲気と、栄養をつけてあげたいというおばあちゃんの強い思いを感じさせる。しかしこの舞台となったのが、バルト海に浮かぶ、スウェーデンのゴトランド島にあるヴィスビューという町で、ここはヴァイキングの貿易やハンザ同盟の拠点であることを知ったとき、このパイへの親しみが倍増した。文化とは最初から高尚なものではない。その裏には生活を支える食への庶民の飽くなき思いがあり、それが生活圏の異なる文化の相違を生むと共に、逆に現在全く異なるように見える文化の間に思いがけぬ共通点を生み出すこともあることをニシンは教えてくれる。

（二〇〇八年一〇月）

狐狩りとポートワイン

角笛が鳴る。赤いジャケットに白いズボン、黒いヘルメットと長靴という出で立ちの騎手が、次々と集まってくる。若い女性も多い。皆、心なしか緊張している。馬もそれを感じてか、しきりにいないないたり、前足を上げる。その吐く息はもう白い。突然二人の男性の乗った馬が全速力で駆け出した。右の肩に狐の尻尾をぶら下げている。今日はコペンハーゲン郊外で恒例の秋の狐狩りだ。この二人は追われる狐の役なのだ。狩人たちはいくつかのグループに分かれてその後を追う。ポニーに乗った子供たちも加わる。「それ行け!」と自然に拍手が起こる。

その朝、分厚いジャケットを着て集合場所に着いて程なく、初老の紳士が片手にポートワインのビンを持ってやってきた。「長く歩かねばならんからな」と言って、プラスチックのコップになみなみと注いでくれる。甘い香りがお腹に染み渡る。杯を重ねるうちに、次第に体が中から火照ってきた。これで寒さには負けないという自信がついた。

ポートワインは、もちろんポルトガルの名物だ。北部のドウロ川の上流地域で栽培されたブドウを使い、独特の製法でつくられる。発酵の途中でアルコール度数七七度のブランデーを加えて発酵を止める。これによって独特の甘みとコクが生まれる。度数も二〇度前後と、普通のワインより高い。栓を開けたあとの保存もきく。中世に作り始めたが、一八世紀には、ポルト港からイギリスに大量に輸出された。気候の悪いイングランドで狐狩りの前に景気づけに飲むにはもってこいだったのだろう。

最近カリフォルニア州のワイン業者が、自社のデザートワインの名前の一部に「ポート」という言葉を使って問題になったという。これはＷＴＯ（世界貿易機関）の協定に反するからだ。ある食品が特定の場所で作られ、その品質や評価がその地理的環境に起因しているとき、それを示す名前のことを「地理的表示」と言い、他の地域で作られたものにその名をつけてはいけない。例えば発泡ワインは、フランスのシャンパン地方で作られたもの以外は「シャンパン」と呼んではいけない。ポートワインも同様だ。この考え方は欧州が先駆者で、早くも一九九二年にこの制度を制定した。その背景には、欧州にとって食糧は単にその量だけではなく、その質の保持が重要という考え方がある。グローバル化や貿易の自由化が進む中で、世界市場には大量生産や低労働コストを背景にした安い食糧品が溢れてきた。その結果、それぞれの地域の独特な風土やそこに住む人々の知恵や技法によって作り上げられてきた名産品が、画一化された安価な類似品に押されている。そうした中で消費者の中には、食品の「質」に対する関心を高め、特別の品質をもつ産品を求める者が出てきた。そうした要請に応えるために生産者は高いコストを払わねばならないが、それは必ずしも大量消費の市場や流通システムになじまない。そこでこうした生産者を守り、農産物の多様性を維持し、消費者に必要な情報を与える仕組みが必要ということになったのだ。これは、米国のように、品質や伝統へのこだわりが少ない国にとっては、保護貿易主義と映る。欧州は、現在ワインや醸造酒に対してのみ認められている「地理的表示」の厳格な保護を、チーズなど他の製品にも適用させたいと考えている。自国産の薬草などの権利を守りたいインドなども同調している。

グローバル化の下で世界の市場を席捲しているマクドナルドなどのファスト・フードに対し、人生は効率性、安価さ、量で測れるものではないとする反発が起こり、スロー・フード運動になったことと似ている。ここ二～三〇〇年にわたって世界を近代化、合理化へと引っ張ってきた米国と欧州が、ここへ来てその哲学の違いを表面化させている。近代の価値観が、人間を自然の上位にあるものと見て、科学技術を発達させ、物質的豊かさと快適な生活レベルを達成してきた反面、人々の心の中に潜んでいた伝統的価値観が頭をもたげ、いろいろなところで軋轢を生み、それが様々な形をとって顕在化しているのだ。

狐狩りもイギリス貴族の典型的なスポーツであった。しかし動物愛護団体による長い働きかけの結果、二〇〇四年、遂に議会は「狐狩り禁止法」を制定した。コペンハーゲン郊外での狐狩りの後、元デンマーク外交官の夫人の招きで、ここに駐在する各国大使が、海に面した素晴らしい邸宅に集った。客は口々にデンマークが、動物愛護という最近の流れを取り込みながら、狐狩りの良い伝統を守っていることを賞賛した。しかしそれにはいささか違和感を覚えた。狐を趣味のために殺しても何とも思わない狐狩りは、近代の人間の驕りの象徴である。実際に狐を殺さなくとも、動物を慰みの犠牲にするという概念自体誇るべき伝統ではない。人間は自然の一部であり、他と共存しながら環境を守っていくという発想こそが、人間が原始以来伝統的にもつ価値観なのであり、それが農産物の多様性を重んじ、その土地ならではの特性を生かした産物づくりを守ろうとする「地理的表示」の概念やスロー・フード運動を生んだのだ。

この狐狩りのコースにはいろいろな障害が設定されている。騎手たちはこれらを次々にクリアし、ガッツポーズを見せた。うまく跳べた後の子供の笑顔が最高だった。本物の狐を追うのであったらもっとスリリングであったかも知れない。でも徒歩、自転車、馬車、身障者用の自動車椅子など思い思いの出で立ちで集まった観客たちが楽しんだのは、狐を慰みのために殺すという人間優位の近代の発想ではなく、踏みしめる枯葉、冬を感じさせる木漏れ日、近くを平然と走り抜ける鹿の姿、そして人と馬との交流であったはずである。それだからこそ、知らぬ間に相当の距離を歩いたのであり、最初に飲んだポートワインの本物の味もまた格別であったのだ。自然に素直であることが、最も重要な価値なのだ。ゴール地点の近くに二つの行列があった。ひとつは、木の下に停めたバンで売っているポップコーンを買う列であった。やや不快だった。しかしもうひとつの列には納得した。その先頭には、野外トイレがあったからだ。

（二〇〇八年一一月）

デニッシュ・ペイストリー

「これはまるでサハラ砂漠で砂を売るようなものだ」とデンマークのある新聞が書いた。日本のベーカリー「アンデルセン」がこの春コペンハーゲンに初めて支店を出したときのことだ。デンマークの新聞は、こぞってこのニュースを報じた。「アンデルセン」が得意とするデニッシュは、デンマークが本場だからだ。

デニッシュはクロワッサンのような生地のパンに、フルーツや木の実などを詰めたり、トッピングしたりしたパンとして世界に知られている。英語圏でデニッシュ・ペイストリーと言われるように、どこの国でも「デンマークのパン」や「デンマークの菓子」という名がつけられている。だがもともとはウィーンから来たものだそうだ。現に今でもデンマーク等北欧ではウィーン・パンと呼ばれている。そう言えばクロワッサンもウィーン原産だ。

一六八三年イスラム教徒による包囲を苦戦の末解いたあと、トルコの旗の象徴である三日月になぞらえて焼いたパンがその名の由来になった。しかしそのウィーンでは、デニッシュはやはりコペンハーゲン・パンと呼ばれる。酪農の国デンマークがバターをたっぷり使ったものとして改良を重ねたものが、世界に広まったのだろう。

二〇〇六年にデンマークの新聞が、爆弾をターバンに仕掛けたモハンマドの似顔絵を掲載してイスラム教徒の怒りをかったとき、イランのパン屋組合は、デニッシュの名前を「預言者モハンマドのバラ」と変えることを主張したという。イラクでの軍事行動にフランスが反対したのに対して、アメリカ人がジャガイモのフレンチフライをフリーダムフライに変えようとしたのと似ている。名前を変えようということは、既にその製品がその地に深く根づき、人々に親しまれているため、ナショナリズムをもってしてもそれをボイコットすることに民衆の支持が得られないからに他ならない。フレンチフライも、デニッシュも、その後人気が衰えたという話は聞かない。デニッシュのトッピングが国によって異なることは、ある意味でそれが世界に根づいたことと裏腹である。イギリスではジャムや干《ほ》しブドウを、アメリカではフルーツやナッツを入れる。本場デンマークでは、ジャムやカスタードが多く、シナモンをまぶし、上に砂糖をたっぷり載せたのが多い。日本人にはちょっと甘すぎるが、コーヒーとの相性が良い。

　コペンハーゲンに赴任して以来、毎朝自転車で近くのパン屋さんに行って、好みのパンを数種類買うのが何よりの楽しみだ。朝眠くて起きるのが辛いときに、このパン屋さんの店先に並ぶデニッシュの光景とその香りを思い起こすことで勇気を出すのが日課になった。しかし毎日どうしても目移りがし、あれを半分、これも半分食べたい……と思ってつい余計に買い過ぎてしまう。しかしそれを続ける良い言い訳が見つかった。二～三日前に買った古いパンは、公邸の前の小さな湖にいる白鳥たちの餌になることが分かったのだ。とくに冬になると餌が見つかりにくいのか、パンを投げると瞬く間に鳥たちが寄ってくる。最初に来るのは鴨だ。しかしその気配を察してカモメが飛んで来る。先に来た鴨を押しのけ、激しい取り合いになる。バイキングの精神が伝わっているのだろうか。そして最後にこの湖の主の白鳥一家が来る。両親と三羽の雛だが、親たちは縄張り意識が強く、他の白鳥が飛んで来ても、追い払い、絶対に寄せつけない。その彼らはパンをやる人の真前に陣取り、カモメがまわりをばたばたと飛び回っても身じろぎもせず、悠然ともらった餌を食べる。

　当地「アンデルセン」の場所を知ってからは、週末は車でそこまで買いにいく。デンマークでは日曜日に店を開くことが法律で禁じられているが、唯一その自由が認められているのがパン屋さんと花屋さんだ。日曜日はパン屋さんの稼ぎ時ですらある。毎日曜の朝、お父さんたちがパン屋さんに行列をなす光景は、日本では見られない。また王室御用達でなくても店の看板に王冠をつけることを許されているのもパン屋さんだけだ。昔、皆が眠っている明け方に、早起きのパン屋さんが火事をみつけ、通報したお陰で村中が助かったという逸話があるからだそうだ。そして今年はデンマークのパン職人組合ができて三二五周年だ。欧州ではパンが長い間にわたって大衆に親しまれて生活に根づき、特別な地位が与えられていることを改めて感じさせる。しかし朝六時に店を開けるため、パン焼きは夜中に行うというきつい仕事なので、最近は次第に若い人がパン焼き職人になりたがらぬようになり、その結果、家族代々伝えられてきたパン屋さんが次々に店を閉めているという。

一九五九年にデニッシュを初めて日本に紹介した「アンデルセン」が、半世紀後にデンマークに逆上陸することで、デンマーク人にパンの大切さを思い出させ、若い人の間にパン焼きという職業の魅力と誇りを取り戻すきっかけになればと思う。当地に住む日本人はメロンパンやカレーパンを作って欲しいというようだが、あくまでデンマークの社会に一日も早く根づく製品づくりを最優先して欲しい。いま世界中が日本食ブームだが、日本の伝統料理だけでなく、諸外国の料理を日本人の繊細さで微妙に改良したものも次第に人気を博していくと思われるからだ。日本の美しい白砂なら、サハラ砂漠で売れるかも知れない。
一一月のある週末、前夜に降った初雪の積もる中、そんな思いでアンデルセンに向かった。車の前方に太陽がまぶしい。時計を見るともう一二時近い。北国の冬は日が短いことは知られているが、実は太陽が真上に昇らず、地平線の近くを東から西へと移動するだけであることを知った。従って朝でなくとも、南を向けば太陽が地平線の少し上にあって目にまぶしい。当地に長い日本人の方から、天気の良い冬の日は南向きの車線で太陽渋滞が起こると聞いた。地球の形と傾きを考えれば当然のことも、その地に住み、体感して初めて分かる。その土地の特徴と魅力、そこに生まれる文化の魅力に対する真の理解をもたらすものは、依然として人の移動をおいて他にない。

（二〇〇八年一二月）

カールスベア・ビール

ハムレット　きびしい寒さだな。身を切るような風だ。
ホレーシオ　まことに肌をさすような風です。

（『ハムレット』小田島雄志訳。以下同じ）

真夜中のデンマーク王国エルシノア城の胸壁。ハムレット王子とその友人ホレーシオの会話である。この直後、ハムレットは元デンマーク王である亡き父の亡霊から、父が実は現在王位に就いている弟クローディアスに暗殺されたことを聞かされる。「聞けば、そなたは復讐せねばならぬぞ」という父の言葉と、父から真実を聞いた後の「さあ、堅く誓ったぞ」というハムレットの決意の言葉は、この悲劇の主題が復讐であることを告げる。そして冒頭の台詞が表わす、凍てつくような寒さは、このストーリーの血も凍るような結末を暗示する。いずれもこの名作に無くてはならない台詞である。

『ハムレット』は、一二世紀末にデンマークの歴史家サクソが編んだ年代記に出てくる伝説をもとにしている。そのモデルとなったクロンボー城は、コペンハーゲンのあるシェラン島北端の、ヘルシンオアと呼ばれる地区に位置する。対岸のスウェーデンとの距離がわずか五キロ程度で、バルト海への海上交通の要路であることから、一五世紀に通行税を徴収する要塞としてエーリック七世王によって最初に建てられ、その税収は長くデンマークの絶対王政を支えた。北欧ルネッサンス風といわれるこの城は、二〇〇〇年にユネスコの世界遺産に認定された。城壁からは、一隻も逃すまいとばかりに多数の大砲が海峡を睨んでいる。今でもこの大砲は、女王陛下の誕生日や、王室でのおめでたの際に空砲を鳴らす。地下には武器弾薬庫や牢獄があり、最盛期には二千人の兵士を抱えていたという。最近まで海軍兵士が駐屯していた。案内人の説明によれば、当時の水は汚染されていて飲料に適さず、兵士たちは毎日ビールを飲んでいたという。その量、ひとり一日八リットル。

ビールの歴史は古い。バビロニアで発掘された紀元前四二〇〇年代の板碑に、シュメール人がビールを造ったとある。大麦を粉にして、水で捏ねてパンを焼き、それを千切って湯で溶き、壷に入れて自然発酵させてつくったらしい。『ハンムラビ法典』にはビールに関する条文があり、居酒屋で飲むビールの代金は大麦で支払うことが書いてある。古代エジプトでは、労働者の賃金はパンとビールで支払われたそうだ。ビールは古代ギリシャ、ローマでは卑しい飲み物とされたので、バビロニアから中央アジアを経由してゲルマン民族に継承された。民族大移動でヨーロッパに広がり、一四世紀には今のビールの原型ができたという。教会や修道院を中心に醸造や改良がなされた。当時は子供の飲み物とされていたそうだ。中国には『後漢書』に「麦酒」という名で登場する。中国は今や世界最大のビール生産国だ。ドイツが山東省青島《チンタオ》を租借地としていたときにビール生産の技術移転をした。今でも中国のビールといえば「青島」ビールが最も馴染みが深い。日本には一六一三年に平戸に渡り、一八世紀には八代将軍吉宗に献上されたという。一九世紀半ばには北海道で官営ビール事業が開始され、「札幌ビール」を販売した。ビールは、一九世紀後半デンマークのカールスベア（カールスバーグ）研究所で酵母の純粋培養技術が開発されたことなどから商業化が進み、現代のように日常の飲料となった。カールスベア創始者J・C・ヤコブセンは、それまでのビールの味に飽きたらず、新鮮な空気と澄んだ水のある地を求めてコペンハーゲン郊外の丘に会社を創立した。息子のカールの名と、丘を意味するベアを組み合わせて社名とした。現在ビール生産高世界第五位である。一九〇四年には王室御用達となり、王冠マークの使用が許された。

二代目社長となったカール・ヤコブセンは、王立劇場で観たアンデルセンの『人魚姫』のバレエに感激し、彫刻家エドワード・エッセンに人魚姫の像をつくらせてコペンハーゲン市に寄贈した。コペンハーゲン観光のメッカはこうして生まれた。モデルとなったのは王立劇場のプリマドンナで、エッセンはその足の美しさに感動したため、魚の尾の形をしているはずの像の下半身に足を残したという。彼女はやがて彫刻家の妻になった。『人魚姫』は最近の宮崎駿さんのアニメ『崖の上のポニョ』のモデルでもある。世界最大数のコンテナ船を有するデンマークのAPモラー・マエスク社は、女王の住むアメリエンボー城のすぐ向かいの島に新しいオペラ座を建てて市に寄贈した。デンマークは今や小さな国だが、その財閥はビジネスにおいても社会貢献においても、かつての北欧の覇者デンマーク王国の精神を残し、スケールは世界的だ。

日本人にとってビールは暑い夏の飲み物というイメージが強いが、世界の有名なビールの多くが寒い国で造られ、消費されている。世界最古の交響楽団の一つと言われるデンマーク王立交響楽団のある団員によれば、つい最近まで彼らは練習や演奏の前に平気でビールを飲んでいたという。この国でビールが「水代わり」なのは一五世紀のクロンボー城以来変っていない。しかもデンマーク人は、アクアビットというジャガイモから作った強い蒸留酒とビールを交互に飲む。寒い国ならではの習慣だ。

シェークスピアが『ハムレット』を書くに当たって、実際にこのクロンボー城を訪れたか否かについて専門家の間に論争があるそうだ。冒頭の厳しい寒さを表す台詞は、実際にヘルシンオアの寒さを経験したものでなければ作れるものではないというのが、肯定派の論拠のひとつになっているという。シェークスピアは果たしてクロンボー城を訪れたのだろうか？　そして彼はビールを飲んだのだろうか？　デンマーク人は一斉に「ヤー」（イエス）と言うだろう。もし彼らが唯一肯定派になり切れない点があるとすれば、それは父を殺した叔父を憎むハムレットの次の台詞ゆえであろう。

「人は、ほほえみ、ほほえみ、しかも悪党たりうる

少なくともデンマークではたしかにそうだ」

（二〇〇九年一月）

トンカツ

「日本の顧客は、規格に一番うるさいんですよ。例えばトンカツ用の肉には、きっちり六ミリの脂身が一律についてなければいけないし……」

デンマーク最大のブタ肉会社の輸出担当部長は言った。デンマークの対日輸出の四割がブタ肉で、この会社はそれを一手に引き受けている。日本のブタ肉輸入先としては米国に次いで二位だ。小国デンマークで世界のトップクラスのビジネスを行っている会社は少なくないが、このデニッシュ・クラウン社はそのひとつ。輸出実績は世界五位だ。

デンマーク第二の都市オーフスに出張した。地方都市の中には、日本と重要な交流関係にありながら、地理的に遠いために大使館と日常的なコンタクトがとり難く、かといって総領事館を置くほどでもないところがある。そうしたとき、地元からのビザやビジネス関係の相談にきめ細かく応えられる窓口を置く。通常地元の名士にその責任者、つまり名誉総領事の職に就いてもらう。一七年の長きにわたって日本の名誉総領事として日本とデンマークの交流に貢献したハンベア氏に勲章を授けると共に、後任たるデニッシュ・クラウン社の社長ヨハネセン氏との交替式を行うのが出張の目的だった。その機会に、徹底したオートメ化をやり遂げて成功したブタ肉工場を視察させてもらった。

ブタは新石器時代に、ユーラシア大陸全体でそれぞれの土地のイノシシが独自に家畜化されて生まれた。古代ギリシャ人にとくに愛好され、ブタの年齢やサイズによって異なった名前があったそうだ。ブタ肉は人間に必要なアミノ酸をバランスよく含む優れたタンパク源として、専ら肉用として飼われてきた。肉が柔らかく、含まれる脂肪の融点が低いのが人気の秘訣だ。デンマークで改良されたランドレース種というブタが世界で広く飼われている。ブタは免疫力や環境適応力が優れているので、北ヨーロッパのように土地の貧しいところでも、ナラの森に放しておけばドングリを食べて十分育つ。ホメロスの叙事詩『オデュッセイア』にも、魔法を使う女神キルケが、オデュッセウスの部下たちをブタに変えてしまう場面がある。そのときキルケは「どんぐりの類……など、……ブタの常食とするものを餌に投げ与えた」。ただ餌によって肉質が若干変る。デンマークのブタは小麦を餌にしているため、トウモロコシを食べる日本や米国のブタより、脂肪の融点がやや高い。それが、肉が舌の上でとろりと溶けておいしさが広がるか否かの微妙な境にあるという。それもあって、デンマーク産ブタ肉は多くが生食でなくハムやソーセージの原料として日本に輸入される。

ブタは「目玉と鳴き声以外は全部食べられる」という英語の諺があるほど、無駄になるところがない。フランス語では、〝Dans le cochon, tout est bon〟「ブタはそのすべてが旨い」というから、フランス人は目玉も食べるのだろうか。デニッシュ・クラウン社でも、ロースは日本へ、ベーコンは英国へ、スペアリブは米国へ、足や頭は中国へ、レバーはデンマーク料理のペーストにと、豚の各部位につき最も好まれる市場を早くから見つけ、その顧客にぴったりの製品をつくって成功した。どうしても残る部分はバイオ燃料にする。工場で使う電力は全部ブタでまかなわれている。素早く処理されたさまざまな部位が、トレイに載せられて倉庫に雑然と並ぶ。しかしそれぞれにチップが入っているので、コンピューターの指示で仕向け先ごとに選ばれてトラックの積み込み口へと運ばれる。まるでビルの駐車場のようだ。すべての部位にはバーコードがついていて、どの農場のどのブタかがトレースできる。

ブタは知能が高く、清潔好きで、またその内臓は機能的にも人間に似た特徴をもつので医学にも利用されている。しかしこれだけ人間の役に立っていながら、どうもブタのイメージは洋の東西を問わず芳しくない。まず宗教で禁止された。『旧約聖書』の『レビ記』ではブタは「汚れたもの」のひとつとして食べることを禁じている。『コーラン』でも「汝らが食べてはならぬものは、死獣の肉、血、ブタ肉……」と明確だ。八世紀以来イスラーム教徒に征服されていたイベリア半島では、一一世紀以降「国土回復運動」(レコンキスタ)が始まったが、その過程でユダヤ教徒やイスラーム教徒はカトリックへの改宗を迫られた。その際「踏み絵」として使われたのがブタ肉だという。

ブタにはまた、大事なものの価値が分からない劣ったものというイメージがある。『マタイによる福音書』には「真珠をブタに投げてやるな」とある。アンデルセンの童話『ブタ飼い』では、ブタ飼いに変装した王子が、自分を見下したお姫様に対し、本当に価値あるものを見抜けなかったとして罰を与える。貪欲、怠惰、色欲の盛んな人もブタに例えられる。映画『千と千尋の神隠し』では両親が別の世界でブタになって食物を貪るのを見て千尋が驚愕するシーンがある。『西遊記』の猪八戒は、天の川の水軍の指揮官であったが、女ぐせの悪さゆえに地上に落とされ、ブタの胎内に入る。天竺へ向かう玄奘法師のお供をして様々な妖怪と戦うが、その途中で盗み食い、昼寝などブタの欠点とされるものを見事に体現して孫悟空を困らせる。それでも憎めないどころか、かえってこの作品の人気を支える要因になっているのは、それらの欠点が人間の性《さが》であり、どこか親しみを感じるからであろう。

しかもブタは船でさらわれると、飼い主の声が聞こえる側の船べりに寄り集まって船をひっくり返し、泳いで元の小屋に帰ると信じられたという話もあり、従順で家庭的な優しさを代表する面もある。こうしたブタの良い側面をもっと強調してあげなければ、人間としてフェアとは言えまい。

日本では仏教による殺生禁止の教えの影響が強く、ブタが食卓に上ることはあまりなかった。明治になって肉食が奨励され、西洋から入ったポーク・カツレツから日本の庶民の味トンカツが生まれた。日本人の食へのこだわりは世界に冠たるものがあるが、それは今やトンカツ用の肉に含まれる脂肪の厚さにまで及んでいるのだ。

（二〇〇九年二月）

味噌煮込みうどん

早朝、喫茶店でコーヒーを注文する。わずか三八〇円だが、サンドイッチとゆで卵が付いてくる。二〇〇円追加して「スペシャル」を注文すると、いなり寿司二個とどんぶり一杯のうどんが出てくる。目の前にこの五品が並ぶと、かなりリッチな気分になる。

ここは愛知県安城市の喫茶店。朝七時から開いていて、一一時までコーヒーには「モーニング」と言われるサービスがつく。店内は商店の経営者らしきグループから、サラリーマン、親子連れ等が絶えることなく出入りする。安城市は人口当たりの喫茶店の数では日本一だそうだ。徳川家康の家来で、京都の詩仙堂をつくった石川丈山の生まれた地として知られているが、外交とは直接関係なさそうだ。しかし、実はデンマークのコリンという市と友好都市関係を結んでいる。最近コリン市を訪問したので、今回会議のため日本に出張した機会に、その相手の安城市を訪問した。外務省は最近地方自治体が国際交流を通して外交に果たす役割を重んじて、一時帰国した大使が関係の地方都市を訪問することを奨励し、その場合は日本滞在の期間を余分に認めてくれる。

安城市は、明治から大正時代にかけて農業を基礎にした社会改革を行った。その際、デンマークの成功例を紹介した内村鑑三の著作『デンマルク国の話』をヒントにして、農業共同組合を設立したり、愛知用水の整備をした。それがきっかけで日本のデンマークと呼ばれてきた。早くから農業と都市の共存や福祉などに力を入れてきたが、最近は環境モデル都市として熱心に活動している。市内には「デンパーク」という愛称で親しまれている公園があり、三千種を超える植物がある。デンマーク風の風力発電のミニチュアがあって、実際に公園内の乗り物の動力を提供している。土地が平らなこと、横並びを大切にし、突出することを嫌う気質、託児所が発達していて農繁期には女学生が応援に来たこと、農業組合が貯金を使って病院を建てるなど、デンマーク人の社会運営と似ているのも面白い。教育や社会意識も高く、昭和二七年にはNHKのラジオ受信者が一千万人を突破したとき、人口当たりのラジオ普及率が日本一ということで表彰されたという。こうした農民の「道」を説いた農政家・教育者の山崎延吉は、さしずめデンマークの思想の父グルントヴィとでも言えよう。駐日デンマーク大使も家族で訪れたそうだ。

「こだま」で三河安城駅に着いて、市長さんに会う前に時間があったので、地元名物「味噌煮込みうどん」を食べた。この地方だけでしか作られていない八丁味噌は、他の味噌のように米の麹を使わず豆だけでつくられているので色が赤く、また発酵期間が長いので味にもコクがある。世界には多くの調味料があるが、味噌や醤油など大豆を原料とするものは東アジアに多い。東南アジアでは魚からつくった魚醤《ぎょしょう》が多く、肉食の比重が大きい欧州では、塩や香辛料によって肉のうまみを引き出す習慣が定着した。

味噌や醤油の前身となった醤《ひしお》は、古代日本では最も重要な発酵調味料だった。もともと中国で醤《しょう》と呼ばれた、肉や魚などに麹と塩などを加えてつくった塩辛のようなもので、宮廷の宴会に多用されたという。『論語』で孔子が「その醤を得ざれば食わず」と言ったように、料理にはそれぞれに合った醤を用いるべきと考えられていた。奈良時代までに日本に伝わり、『万葉集』には、「醤酢《ひしおす》に蒜搗《ひるつ》き合《か》てて鯛願ふ我れにな見えそ水葱《なぎ》の羹《あつもの》」という歌がある。醤に酢を加え、葱を混ぜたタレで鯛を食べたかったのに、目の前にはまずい葱の吸い物しかなくてがっかりしたという歌で、醤は当時高級調味料だったことが伺える。平安時代頃に、米の麹などを使った日本独自の味噌がこの醤から生まれた。醤油は、室町時代から始まり、江戸時代に確立し、一七世紀半ばにオランダ東インド会社によって初めて輸出され、今や世界に広まったから、同じ醤から生まれた兄弟でも、兄の味噌より弟の醤油の方が世界に出世したことになる。

他方うどんのような小麦粉からつくられた麺類も、中国や日本が中心で、欧州のパスタにはあまり明確な歴史資料がないらしい。また中央アジアからアラブ地域にも麺類はない。これにはイランのピラフや、北アフリカのクスクスなどが早くに定着して、麺類の入る余地がなかったからとか、肉などの詰め物をした餃子のようなものができ、それが常に移動する騎馬民族には都合が良かったから麺類の出番がなかったなど諸説があるようだ。

味噌と麺類の組み合わせで思い出すのが中国のジャージャー麺だが、これにはスープがない。味噌煮込みうどんは、一人前ずつ土鍋に入れて煮込み、うどんと汁をそのまま出す。その鍋の蓋には、鍋焼きうどんと違って穴があいていない。それは熱いうどんや汁を蓋にとって食べるためと、御飯を蓋に入れて、最後に残った汁をかけて食べるためだそうだ。日本人は麺類が好きだが、それでも白い御飯の地位は一度も揺るがされることはなく、麺類を食べるときでも御飯を一緒に食べるということを思い起こさせる。学生の頃よく食べたラーメン・ライスはその典型だ。西洋のスープは、もともとは古くなったパンに汁をかけて食べることから始まり、「スープ」という言葉ももともとは「ブイヨンに浸して食べるパン」という意味だったそうだ。主食の炭水化物にスープをかけて食べるというところで、味噌煮込みうどんは突然欧州につながる。

デンパークの中を流れる川にはいつの間にか外来種の亀が棲むようになり、在来種が駆逐されたという話も聞いた。長崎や神戸のような国際港でもなく、三五〇年の伝統たる八丁味噌を維持している安城市でなぜコーヒーがこれほど流行り、うどんと共存する喫茶店が社交の場になっているのか。コリン市との友好関係がなければ、この伝統と国際性が何気なく市民の生活に溶け込んでいる市に、日本とデンマークの外交官という外来種が訪れることはなく、外交の世界では知られぬままになってしまったであろう。

（二〇〇九年三月）

サケのムニエル

その日のメイン・コースは、サケだった。肉厚で、ふっくらした切り身のムニエルだった。もちろん皮も食べた。コペンハーゲン市内の、ニューハウンと呼ばれる港。細い運河のような港の両側には、淡いオレンジ、黄色、ブルーなどに塗り分けられた古い建物が並ぶ。その殆どはレストランだが、海に近い方に、アンデルセンが住んでいたという真っ白な建物がひっそりとたたずんでいる。

ある週末に大学や美術館の共催で、マンガやアニメなど、日本のヴィジュアル・アート（視覚芸術）についてのシンポジウムが開かれた。初日の冒頭に基調演説を済ませたので、後は気楽にいろいろな国から来た教授たちや、美術館の学芸員たちの話を聞いた。アニメの人気の秘訣と絵巻物など日本の伝統的視覚芸術との関係、日本のポップカルチャーの発信に果たしているカリフォルニア州の役割など様々な議論が続いた。コペンハーゲンでのコスプレ大会を運営している若いデンマーク人は、自分の好きなキャラクターのコスチュームを着て、その人物になり切ろうとすることを通して、新たな自己発見の機会が得られると説明してくれた。そして関係者が初日の夕食に集まったのが、この、かつての漁港だった。ここは昔、アメリカ大陸へ移住するデンマーク人が船のチケットを買う場所でもあった。語《かた》り部《べ》が出てきて、この場所でその昔起こった悲恋話を披露してくれた。

サケはどんな料理にもできる。最近の人気はもちろん寿司だ。ピンク色の肉を見ながら、かつて外務本省で、チリとの自由貿易協定の交渉責任者をしていた時のことを思い出した。交渉のヤマのひとつは、チリ産サケの関税をどうするかであった。その関連で、当時小泉首相の側近だった方から、南半球にはもともとサケはいなかったこと、日本が稚魚を寄贈して技術指導をしたこと、しかし海で育ったサケは、卵を産むために川に上って来ず失敗したと思ったこと、それでもチリ人はあきらめず、海を大きな網で囲って養殖に成功し、いまやノルウェーに次ぐ世界第二の生産国になったことを聞いた。さらに当初その肉は色が白いため、日本人に買ってもらえなかったことを紹介しつつ、「どうやってチリのサケの肉をピンク色に変えたか、君知ってるかね?」と聞かれた。途方に暮れていると、「それはね、甲殻類の殻をすり潰した餌をやるんだよ」との答えが返ってきた。現に北半球のサケはみな甲殻類を食べる。こんな話を、夕食会で話題として提供したら、さすが何人かのデンマーク人は、肉の色のいわれを知っていた。

しかしサケの本当の秘密は、産卵するときに、どうやって海から自分が生まれた川に間違いなく戻ってくるのかである。学説の主流は、サケが故郷の川の匂いを覚えているからというものだ。目隠しをしても間違いなく元の川に戻る。水はどんどん流れているのに何故か？　川に生える草の混ざり具合によってできる特定の「風味」を稚魚のときに刷り込まれているらしい。しかしこうした能力はサケだけがもつのではない。生きた魚のいた水をサメの水槽に入れると、サメは狩りをするような反応をするという。傷ついた魚のいた水を入れると、サメは狂喜乱舞する。オスのガは、複雑な触角をもち、数キロメートル先のメスから出される揮発性の物質を感知する。

嗅覚は、実は二つのシステムが並行して、相互に補完しながら機能しているそうだ。蛇は先が二つに分かれた舌をちらちら出し入れするが、その先は、口の中にある小さな二つの穴へと運ばれる。ここが餌に関する情報の受け入れ器官で、鼻の機能を失ってもいつも通り餌を見つけることができる。これは発見したデンマーク人解剖学者の名をとって「ヤコブソン器官」と呼ばれている。この器官は通常の感覚を受け取る大脳皮質ではなく、求愛行動や餌物の察知など、生物の原初的な情動をつかさどる別の部分につながっている。似たような器官は人間の鼻を含め、ほぼすべての動物にもあることが分かってきた。犬が人間の嗅覚の百万倍の能力をもつのも、またアナウサギの赤ちゃんが、母親が巣に戻ったことを知るのも、みなこの器官のお陰だそうだ。空中に浮遊するフェロモン的化学物質を鋭く把握するらしい。

しかしもっと驚くべきことは、ある種の植物も匂いを嗅ぐらしいということだ。ある研究によれば、虫に新芽を食われた木では、葉のタンニンのレベルが急上昇し、それが伝達されて、近くの同種の木々でも同じことが起こるそうだ。葉を食われた木が警報を発し、それを周囲の木々が嗅ぎ取って反応したことになる。

感覚は、触覚、味覚、嗅覚、そして視覚と聴覚の順で発達した。人間においては、臭いの意味が過小評価されているようだ。最も新しい「視覚」にますます依存するようになっているからか、「嗅覚」が原初的で、あまり上品とはいえない感覚と思われているためだろう。それでもプルーストの『失われた時を求めて』の有名な一節のように、ある香りが突然忘れていた昔の記憶を呼び起こすという話はよく聞く。古い感覚器官であるだけに、目に見えず、音にも聞こえない「何か」を把握する潜在能力が人間にも残っているのかも知れない。外交の世界でも、交渉相手の言葉だけではなく、その目つきや態度を見て本音を探るが、それでも腑に落ちず、何か裏にありそうだと思われるとき、代表団の内部で〝It smells.〟（どこか臭うぞ）と言う。科学的根拠はないが、結構当たる。

日本人にはこの感覚が発達しているようだ。『万葉集』には「馬並《な》めて多賀の山辺を白《しろ》栲《たえ》ににほはしたるは梅の花かも」（巻十）などの歌が詠まれ、また源氏が紫の上を「あたりににほひみちたる心ちして」（『源氏物語』「若菜」下）とほめ讃えるように、色の鮮やかさや、色香とでもいうべきものを、「視覚」の表現ではなく「匂い」で表現するからだ。いつか「視覚芸術」ではなく、フランスの香水や日本の香道など、「嗅覚芸術」の日欧比較のシンポジウムでもやってはいかがだろうか。そのときは「視覚」に訴える「パワーポイント」は使わない方が良い。

（二〇〇九年四月）

ダンゴウオのキャビア

「ペダースンさんがお見えよ」と家内の声がした。土曜の午後、玄関のベルが鳴った直後のことだった。「え、あのペダースン?」と半信半疑で階段を駆け下りると、そこに彼が立っていた。「今朝、港で漁師から買ったばかりの、〝stenbider〟(ステンビザ)の卵です」とにっこり笑って、ビニールの袋を家内に手渡した。「さっきまで母親の体内にいた新鮮なやつで、まわりを覆っていた粘っこい袋から取り出して、すぐ食べられるようになっています。サワークリームと赤玉ねぎのみじん切りを添えて、薄いトーストの上に載せるとおいしいですよ。サワークリームは、脂肪分一八%がベストで、このメーカーのが一番合いますよ」。見ると袋の中には、濃いピンク色の卵の塊と共に、小さな瓶も入っていた。

その数日前、大学の学長さんなどの知識人を夫妻で夕食に招いた。話は、現下の金融危機から、デンマーク人の国民性や、和食の魅力にまでわたった。さすがインテリ中のインテリだけに、どんな話題でも話に幅と深みがある。そしてデンマークの食に話が及んだとき、外交政策協会の会長ペダースンさんは、デンマークで本当に良い魚を手に入れようと思ったら、朝、港に行って、上がってくる漁師から直接買うに限る。マーケットには限られたものしか出ないし、すでに鮮度が落ちている。その点で、自分が住んでいる地域のすぐ近くの港が、この辺では最高の場所だ。ときにはニシンやステンビザの卵も手に入るとも言った。家内が目を輝かしたのをみると、彼はすぐ「今度お暇な土曜日にでも声をかけていただければ、ご案内しますよ」と付け加えた。丁重に御礼を言って、次の話題に移った。ディナーが終わったあと、家内と、来週にでもコックさんを連れて、聞いたあたりの港に行ってみようかなどと話していた。しかし彼は、こちらからの連絡を待つまでもなく、あるいは遠慮して連絡しないであろうことを見越してか、最初の土曜日にわざわざ自分で買いに行き、その場で必要な処理をして、二〇分も車で走って届けてくれたのだ。

この魚は、カサゴ目のダンゴウオ科の小さな魚で、北極海近くの冷たい海に棲む。北太平洋から日本近海に棲むものは、体長が二～五センチ、色が青、黄、オレンジ、緑と多種多様で、ディズニーのアニメの「ニモ」のように愛嬌のある姿をしていることから、ダイバーたちの人気者だ。水族館でも見られる。しかし北大西洋からスカンジナビア地方のものはかなり大きく、六〇センチ位まで成長するが、色が黒ずんでいて、お世辞にも可愛いとは言えない。英語では「ずんぐりした魚」の意で〝lumpfish〟と名づけられた。フランス人からは「海のノウサギ」という、ややしゃれた名前をもらった。この魚はよく魚網などにひっかかってくるが、肉がゼラチン質でまずく、これを恒常的に食べる民族は、世界広しと言えどいない。ある英国の美食家は、この肉を「糊のプリン」と形容した。ただし、その卵は、親の体の割には大粒で、食用になる。カスピ海のチョウザメのキャビアが評判になり、六〇年代にその値が急上昇するにつれて、その代用品として、このダンゴウオの卵が脚光を浴びるようになった。確かに粒の感じや、歯で軽くつぶしたときの感触が本物のキャビアに近い。

この魚の生態はまだあまり知られていないが、メスが一〇万個もの卵を粘っこい塊にして岩などに産みつけると、オスが六〜七週間もの間、飲まず食わずでそばについてそれを守る。近づく敵を追い払い、常にヒレで新鮮な水を送って、卵がどろどろにならないようにする。無事卵が孵るころには、お父さんはやつれ果てているという。この卵を常食とするのが、夫婦共稼ぎで、子供の養育に果たす父親の役割が恐らく世界で最も大きいデンマーク人のみというのも頷ける。稚魚のときは浅瀬にいるが、親になると独特の吸盤を使って、海底の岩や海藻に吸いついて暮らす。デンマーク語の名前〝stenbider〟は、直訳すると「石を噛む人」という意味だ。引き揚げた蛸壺にくっついてくることもあると言う。

それから二週間後の週末に、オーデンセという街に行った。中世はデンマーク第二の街で、一九世紀初めには、世界の童話作家アンデルセンを生んだ。コペンハーゲンのあるユラン島とこのフュン島をつなぐ橋は、その半分がレインボー・ブリッジを思わせる「つり橋」方式だ。真っ蒼な海と紺碧の空に、白い波頭と、カモメたちの白い斑点が目に染みる。強い海風の中、ついわき見運転をしそうになって、慌てて目を正面に戻す。オーデンセに着くや、早々にアンデルセンの生家のある博物館に行った。彼の生い立ちから、童話、詩、小説、切り紙細工などの数々の作品、そして実らぬ恋を語るラブレターなどが飾られている。彼の生まれた家には、当時の靴修理屋の跡が残る。その父は早くに死んだ。母は上流階級の衣装を川で洗濯しながら息子を育てた。翌日は、その近所にある、アンデルセンが少年時代を過ごした小さな家に行った。父が作ってくれた小さな芝居の舞台が少年を虜にしたこと、一四歳のとき、役者になる決心をしてひとりでコペンハーゲンに向かったことなどが記されている。

そして帰り道、街道沿いにある野外博物館を訪れた。中世の農家や、農民の暮しぶりがよく分かる。横の農家風のレストランに何気なく入った。野原からとってきたのであろう草花がさり気なく活けてある。真ん中にあるビュッフェ・テーブルには、ニシンの酢漬けや、肉団子などのデンマーク名物が並んでいる。その中に小さなガラスのカップに入ったものがあった。ヌーベル・キュイジーヌ風の料理だろうと思い、試しにとってみた。そして食べた途端に驚いた。懐かしい味だったからだ。それはまさにステンビザの卵だったのだ。サワークリームの代わりにアボカドのクリームがあった。人口わずか二〇万人にも満たない街の郊外の何気ないレストランに、デンマークのキャビアがあったのだ。外交政策協会の会長さんは、何気ない親切で、外国の大使夫妻を彼の国のファンにした。

（二〇〇九年五月）

桜もち

「イタリア人ですか?」

「いいえ、スペイン人です。でもボーイフレンドがイタリア人です。あのー、このあいだ、お二人をお見かけしたと思います」

「え?　どこで?」

「サクラ・フェスティバルで。実は彼氏に誘われて、合気道を始めたんです。それで行ったんです。お二人ともキモノ姿で素敵でした」

コペンハーゲンの北、一五キロ位の海岸線、ヴェルベックという港街にあるイタリア・レストランでの、ウェイトレスとの会話である。その前の週末、人魚姫のあるランゲリーネ公園で、桜まつりがあった。仮設の舞台に並ぶ大きな和太鼓。その後ろから、両手に撥《ばち》をもった若者が現れ、掛け声と共に一斉に太鼓を叩き始める。ほとんどが十代の若い金髪の女性だ。「ヤー」、「ソーレ」と、威勢のよい掛け声が小気味よく響く。何ごとが始まったかと、周囲から人が集まる。公園はみるみるうちに人で埋まっていく。今年の桜まつりの開会式にも、女王陛下のいとこ、エリザベス王女が出席して下さった。空は真っ青、桜も満開。紺碧の海にはフェリーやコンテナ船が浮かぶ。芝生には次第にピクニック気分の家族や友人同士の輪ができる。周囲には屋台が並び、輪投げなどのゲーム、折り紙や習字の教室、それにマンガ・コーナーも人気だ。赤やピンクの浴衣を着た小さなデンマーク人の女の子たちが、鈴なりになっている。来年の上海万博に出かける旅支度をしている人魚姫も、さぞびっくりしただろう。

舞台はというと、剣舞を始め、日本武道の出し物が続く。舞台のへりには、子供たちが目を輝かせてかじりついている。デンマーク人のセンセイが「仁」や「礼」など、日本武道の精神を説明する。子供たちの頭に桜の花びらがひらひらと舞う。舞台から降りてきたセンセイは、子供たちが将来武道とは全く縁のない世界を歩むとしても、武道の精神とは何かを一度耳にしたことは、必ずその人格形成につながりますと、誇らしげに言った。スペイン人のウェイトレスさんは、この群衆のどこかにいたのだ。

茶道のデモンストレーションもあったが、子供たちは飽きる様子もなく、最後まで見入っていた。二日目は、正客として舞台に上るはめになった。干菓子を食べるとき、子供たちの羨望と好奇心の入り混じった視線を感じた。解説者が、これからお客がお菓子をいただきます、とデンマーク語で説明したのだ。無事終わって舞台から降り、ほっとしたところへ、コックさんがお手製の桜もちをもってきてくれた。茶道関係者から歓声があがった。桜まつりにこれほど打ってつけのお菓子はない。桜もちは、江戸時代の享保二年に、桜の名所として知られた向島の長命寺の境内で、門番であった男が売り出したのが始めだそうだ。白玉粉、小麦粉、砂糖などでつくったたねを薄く焼き、クレープのようにあんを巻く。最後に塩漬けの桜の葉で包むが、ひとくち噛んだときに広がる葉の香りと歯ざわりは何ともいえない。江戸での人気に刺激されて、大坂でも北堀江の土佐屋が天保年間に売り始めた。この上方風のものは、もち米をつかった道明寺粉からつくった皮で、大福のようにあんを包み込んである。小さめの桜の葉からはみ出した、むっちりとした餅もまた格別だ。

グローバル化はエスニック料理ブームを呼び、地域の料理はどんどん世界に広まっているが、デザートには必ずしもこうした普遍性がない。どこの料理も好きだが、デザートは和菓子か、リンゴのタルトに限る。それがないときはデザートは飛ばす。いや、正確には、健康維持のためデザートは食べないことにしているが、この二つがメニューにあるときは抵抗しない。寝る前、その日最後に口にするものだから、保守的になるのだろうか。朝食についても、あまり冒険をせず、毎日ほぼ決まったものを食べる人が多いのも、朝起きて最初に口にするものだからかも知れない。

グルメで甘いもの好きの西洋人も、あんこは得意ではないようだ。デザートといえば砂糖やチョコレートの甘さを使ったケーキやアイスクリームだ。港のイタリア・レストランのメニューにあったのもこの二つだった。日本でのあんこの歴史はそれほど古くない。もともと南北朝時代に中国からまんじゅうが伝えられたときの詰め物だった。中国では肉類を使うことが多かったが、日本では小豆やインゲンなどの豆類、芋などを煮てあんにした。最初は塩で味付けした塩あんだったが、室町時代になって砂糖が輸入されるや、砂糖を使った甘いあんがつくられ、江戸時代になって砂糖の国内生産の拡大とともに、砂糖のあんが主流になった。あんの中で粒あんは、それが鹿の斑紋に似ているので、鹿といえばモミジ、モミジと言えば京都の小倉山という連想から、小倉あんと呼ばれるようになるなど、あんは日本文化に深く根づいた。公邸ではいつも正統な和食を出すが、デザートだけはなるべく一般的なものにしている。それでも最近、小倉抹茶アイスを出したら好評だった。

桜まつりは、いよいよ最後の出し物の盆踊りになった。観衆が加わってどんどん輪が広がっていく。これで最後という気楽さもあって、和服姿のままその輪に加わった。輪の中では、先程の武道のセンセイが、鉢巻姿で太鼓を叩いている。そういえば、彼もドラ焼きが好きだと言っていた。そこで、日本のパン屋さん「アンデルセン」が、桜まつりの屋台で、デンマークで初めてのアンパンを売り出したことを思い出した。聞いてみると、七五〇個も売れて、沢山のデンマーク人が買ってくれたそうだ。武道や盆踊りを通して、日本のあんこにも馴染んできたのだろうか。ある国のデザートがどこまで好きになれるかは、その国の文化をどこまで自分の中に取り込んだかを計る物差しなのかも知れない。そうだとしたら、外交官は、赴任した国の言葉を習い、政治、経済、文化を理解するのに加えて、その地の朝食とデザートも自分のものにしなければ、その国を本当に理解したことにならないことになる。まだまだ修行をしなければならない。

（二〇〇九年六月）

麻婆豆腐

「五、四、三……」

カウントダウンが「……二、一」のところまでくると、騒がしかった会場が一挙に静まり返る。緊張の一瞬。そして「レゴ――」という司会者の叫びと共に割れるような声援が爆発する。会場におかれた二つの台では、各国二人よりなるチームが、真剣な面持ちで、レゴでつくったロボットの操作を始める。

コペンハーゲンで開かれた、レゴを使ったロボットコンテスト。世界二九カ国からより抜かれた九～一六歳の子供たち約七百人が、日ごろの訓練の成果を競う。女の子もいる。数年前に始まったばかりのコンテストだが、今年の課題は難しい。一二月にコペンハーゲンで開催される気候変動の交渉に向けて環境問題一色のデンマークだけあって、この大会でも、ロボットはCO_2と書かれた灰色の玉を投棄し、洪水防止のために堤防を高くし、また風力発電の羽根を回すなど一五の課題をあてがわれた。わずか二分半の間に、これらをこなして、四〇〇点満点を目指す。強豪を相手に、失敗は許されない。完璧なプログラミングとエンジニアリング、現場の操作の三つがそろわないと、満点はとれない。それでも、センサーが床のひだに反応するなど、予想外のことが起こる。そのときに、すぐにその課題での得点を諦めて次に移るなど、とっさの冷静な判断も重要だ。

日本の中学生チームは、ベスト八まで行った。しかし三つのチームが四〇〇点を出したこともあり、高得点ながら六位だったので、準決勝には届かなかった。決勝はブラジルと中国の対決となった。今日の世界での新興国の勢いを感じさせる。結果はブラジルが僅少差で勝った。しかしこの世界大会は、実技だけでなく、プログラミングや技術の優秀さをどうアピールするかなど、さまざまな角度から審査され、それぞれに賞が与えられる。日本は「チームワーク」でノミネートされたが、賞はとれなかった。今年の総合チャンピオンは、デンマークだった。実技の劣勢をアピール力で補った。日本の選手たちは、実技で二位の中国チームの選手がいかなる喧噪にも動じず、最後まで冷静沈着ぶりを示したことに感心したようだ。

その夜、中華レストランでの日本チームの打ち上げに招かれた。チームリーダーが、みなの希望を聞きながら注文をした。その中のひとつが麻婆豆腐だった。こんな逸話がある。清の時代の成都に、功功という名の女性がいた。彼女は三軒の家をもつ材木屋の四男坊と結婚したが、亭主の素行が悪いので、彼を油屋に働きに出し、右の家を羊肉屋に、左の家を豆腐屋にし、自分は羊肉のみじん切りと豆腐を油で炒めた料理を作ったところ、成都の労働者の評判になった。彼女はあばた顔だったので、この料理は誰ともなく麻婆（あばた顔のばあさん）豆腐と呼ばれるようになったというものだ。赤唐辛子と花椒（山椒の一種）を混ぜて炒めるので、かなり辛い。二年前にユネスコの会議で成都に出張したときに食べた本場のものは、なるほど辛かった。デンマークのはほどほどで、子供たちは苦にしない。話がはずんで、やがてロボットを制御するコンピューターの話題になった。「マインドストーム」という最新のソフトを子供たちが使いこなすばかりか、改良さえしていることを聞いて、同席したソフトの会社の関係者が舌を巻く。今回の大会は、課題は与えるが、どうやってそれを果たすかについて、何の指示もない。付き添いの先生も、中身に口は出さない。腑に落ちない判定に抗議するかどうかも、自主性にまかせている。大会前日の試運転で、ロボットが壁の継ぎ目に引っかかってしまったとき、学生たちは、ロボットの角を丸く削ることで解決した。

そうは言ってもやはり中学生。食事が進むに従って、無邪気なクイズ合戦が始まった。「公衆電話にちゃんと十円入れたのにかからなかった、何故?」。答は「十円硬貨でなく、一円玉を十個入れたから」など。頭の固い大人たちはことごとく答えられず、降参した。こちらが自信をもって出した質問、「サケが自分の生まれた川を探し当てることができるのは何故か?」には、いともたやすく「ヤコブソン器官によって川の匂いを嗅ぎ当てるから」と答えられてしまった。聞けば、その子は小学校一年生のとき、百科事典ばかり読みまくって親に叱られたとか。ただヤコブソンが、デンマーク人だということは誰も知らなかった。デンマーク駐在の大使のメンツが立った。

お開きの時間が来た。大会で大きな成果を挙げ、他国の子供たちと交流し、実技の決勝では大きな声で中国を応援していた子供たち。舞台で得意な剣玉やストリートダンスを披露した彼ら。科学への関心と畏敬、チームワークとコミュニケーションの重要さ、創意工夫の面白さを醸成するという、大会の目的を十二分に果たした経験は彼らにとって一生の財産になろう。そして功功婆さんが、麻婆豆腐を発明したように、人間には、与えられた制約の中で、もてるものを最大に活用し、技術と創意工夫と役割分担によって、困難な課題を解決する力があることを自ら体験した。親御さんたちもずっと誇りに思われるだろう。いかなる試合も、高い得点を挙げて勝つことを目指しつつ、その結果ではなく、目標に向けて自分の限界を伸ばし、仲間と助け合い、競った相手とお互いの努力を讃え合うことを通じて、学ぶことの素晴らしさ、他文化との交流の価値を知ることに意義がある。子供たちにはこのことを心に刻んでほしい。

そのため、なにか記録として残るもの、後輩たちに見せられるものを彼らにあげたい。初日に差し入れたアンパンの味はすぐ忘れてしまうだろうから、大会から帰るや、パソコンで「大使賞」という賞状をつくった。デンマークらしいデザインの銀のロウソク立てに赤いリボンをつけてトロフィー替りにした。打ち上げの最後に贈呈すると、「わぁー、これ重い！」と喜んでくれた。その笑顔がまぶしかった。「君たちが得た経験は、もっと重いんだよ」とつぶやきながら、中華レストランを後にした。

（二〇〇九年七月）

ニワトコのシロップ

赤く染まった空につながる水平線に、太陽がゆっくりと沈んで行く。動いているのがはっきりと目に見える。夜一〇時一五分、オレンジ色のかたまりが一つの点になり、そのまま海の彼方に消えた。六月二三日、夏至祭。太陽と地球の関係、地球の自転などが身近に感じられる。

ここはデンマーク・シェラン島の北西部、リスレーユという街の海岸。二千人は集まっただろうか。夏至とはいえ、寒い。まわりを見回すと、みなちゃんとジャケットや毛布をもってきている。防寒の準備がないのは我々夫婦だけだ。風邪をひかぬためには、さっき知り合いのデンマーク人のサマーハウスで飲んだ自家製のニワトコのシロップの効果に期待するしかない。海岸には薪が高く積まれ、そこに木と布でつくられた魔女の人形が立っている。太陽が沈むと同時に薪に火が放たれた。火は次第に勢いを増し、炎が天高く燃え上がる。そしてついに魔女に火がついた。

夏至は、太陽が赤道から最も遠く離れる日で、北半球では日が一年中で一番長くなる。この日に行われる夏至祭は、欧州、とくに北欧で盛んだ。今では聖ヨハネの生誕祭と呼ばれているが、キリスト教化されるはるか以前からこの日は特別の日とされ、今でもその風習が各地に沢山残っている。共通するのは、それまで日増しに天空高く昇ってきた太陽が上昇を止め、日が短くなり始めることから、悪い精霊が跋扈《ばっこ》すると考えられ、火を焚いて、悪霊を追い払うことだ。魔女の人形を焼くのはその象徴だが、さすがに夜中近く、赤や青に染まった夕焼けを背景に、魔女が炎に包まれる光景は迫力がある。日が短くなり始める日なので、火を焚いて、太陽の活力の衰えを防ごうという意味もあるらしい。この火の周りで踊り、またその上を跳び越えると、一年間健康でいられると言い伝えられた。焚き火の周りで歌った讃歌から、ド・レ・ミなどの音階の名前が生まれたという話も聞いた。その煙を浴びると、作物がよく育つとも信じられた。子供たちが薪を集めて歩くところもある。卒業直後の学生が、ノートを放り込んで焼く。

『聖書』に、洗礼者ヨハネは、キリストの六カ月前に生まれたと書かれていることから、クリスマスの半年前の六月二四日が誕生日とされた。それまでの夏至祭と直接の接点はないようだが、「彼（注：キリスト）は必ず栄え、わたしは衰える」（『ヨハネによる福音書』）というヨハネの言葉は、キリストが、日が長くなり始める冬至に生まれ、ヨハネはその逆の日に生まれたことを考えると暗示的であるし、イエスが、「ヨハネは燃えて輝くあかりであった」（『ヨハネによる福音書』）と言われたことも、火祭りに結びつく。

他方この日は、良い精霊も活発になると考えられ、それがシェークスピアの『真夏の夜の夢』を生んだ。眠りから覚めて最初に見たものに恋してしまう媚薬と、悪戯好きの小妖精が活躍する喜劇は、やがてメンデルスゾーンにもインスピレーションを与えて、序曲や、『結婚行進曲』を含む劇付属音楽が生まれた。

この伝統的夏至祭に欠かせないのが、ニワトコだ。スイカズラ科の低木で、世界に広く分布する。その成分ゆえに、花や実が古くから鎮痛、解熱など薬用に使われてきた。そして春から夏にかけて一斉に黄白色の小さな花が咲くので、夏至祭の魔よけと結びついたようだ。シロップをつくるには、ニワトコの花を摘んで鉢に入れ、薄く切ったレモンを載せる。そこに砂糖を交えたお湯を注いでふたをする。時々かき混ぜながら冷暗所で三、四日置き、こしてから壜に詰めるそうだ。花の香りがレモンの香りと混ざった、さわやかな味だ。

アンデルセンの童話『ニワトコおばさん』では、風邪をひいた子供のためにお母さんがつくったニワトコのお茶から、老婆の姿をした精霊が現れる。『ハリー・ポッター』にも、「ニワトコでつくったワイン」や「ニワトコの杖」が出てくる。他方キリストの十字架や、キリストを裏切ったユダが首をつったた木が、いずれもニワトコだったという伝説もあり、欧州の歴史に深く根付いている。

四季の移り変わりを重んじてきた日本には、何故か夏至祭といえるものはない。ただ夏至から一一日目にあたる半夏生《はんげしょう》は農作の上で重要な日で、田植えはこの日までに終わらせないと収穫が半減するといわれている。この日は天から毒が降り、毒草が生えるともいわれる。関西では、夏至から半夏生までの間、タコを食べる。タコの足のように稲の根がよく地面に広がるように願うそうだ。

またニワトコは、日本では中国語に由来する「接骨木《せっこつぼく》」とも呼ばれている。骨折したときに、木を黒焼きにして湿布薬として使うと効果があるというところから来た。また魔よけの力があるとされ、枝葉を小正月の飾りにすることもあった。『万葉集』に、「君が行き日長くなりぬ山たづの迎へを行かむ待つには待たじ」とあるが（巻第二）、この山たづとはニワトコのことで、当時ニワトコを神迎えの霊木として使っていたと解釈されている。他力縄文時代の遺跡で、土器にニワトコの実が大量に詰められているのが発見されたことから、果実酒が造られていた可能性もある。

しかし最近は日本ではニワトコが欧州のように日常生活に根づいているとはいえないのではないかと考えていた矢先、思わぬものに出会った。コペンハーゲンが夏のファッション・ウイークで賑わっている時、日本とデンマークの若手デザイナーの共同展示会が開かれた。その開会のスピーチをし、主催者やデザイナーたちとある日本レストランに行った。早めに着いたので、バーで何気なくカクテルのメニューを見ていたら、「渋谷交差点」という名前のカクテルが目に入った。その内容はと見ると、カンパリ、焼酎、みかんジュース、そしてニワトコ・シロップと書いてあった。夏至以来はじめて味わうニワトコは、焼酎とよく合っていた。ニワトコとの思いがけぬ再会と、いまだに日本の文化とのつながりがあることを発見して、がぜん食欲が出たのは言うまでもない。

（二〇〇九年八月）

オヒョウの燻製

眼前に一八〇度広がる、巨大な氷山の群れ。沈まぬ太陽がその背景を、青とオレンジで染める。うっすらとたなびく雲がつくるグラデーション。思わず息を呑む。うかつに言葉を発することがはばかられるような、壮大で、荘厳な光景だ。

グリーンランドの港街イルリサットは良く晴れていた。ホテルを経営する友人のエリックの案内で街を見たあと、岩山を登って、氷河が海に流れ出るディスコ湾を一望に見渡す頂上に立った。氷山は先のとがった険しい形のものが多いが、卓状のものもある。木目の詰まった、目に染みるような白だが、海面のすぐ下や、側壁の所々に、青緑色の、まるでメロンのカキ氷のように輝いている部分がある。それは新しい氷なのだそうだ。ここの氷河は、一日に二〇〜三〇メートル動き、海に流れ込む。大きなものは浅瀬に引っかかって、湾の中にとどまる。中には高さが七〇メートルを越えるものもあるという。海面下にはその六、七倍の氷の塊があることになる。他の氷山は、ゆっくりと外海に出ていく。今見ている光景は、二度と見ることはないのだ。

夜九時、小さなボートで港を出た。大小の氷山の合間を、ゆっくり縫うように進む。さっき見た氷山が、夕日を浴びながら、次々と目の前に迫る。どんな偉大な芸術家も、このような自然の創造力には敵うまい。

やがてボートがエンジンを止めた。案内人が後部のデッキに降り、海面から小さな氷のかけらをいくつか拾ってきた。そのうち、白く濁ったようなものを、娘の紅茶に入れた。すると、シューという音と共に、プチプチッという音が聞こえた。これは一万年以上前に氷河に閉じ込められた空気が、氷が溶けるにつれて出てきた音だという。時計をみると夜中の一二時一〇分を少しまわっている。太陽はそこからまた上に昇り始めた。太陽は、まるで空に大きな指輪が浮かんでいるような軌道を描いて、空を回り続ける。

翌朝、街の中心の魚市場をのぞいた。そこには、エビやヒラメに混じって、鯨、あざらし、オヒョウなどの生肉や内臓が積み上がっていた。長く凝視していられない光景であった。しかし直後にエリックの家族にごちそうになったオヒョウの白身の燻製はおいしかった。

た。冷たいビールのつまみにぴったりだ。グリーンランドでも高級な食べ物で、お祝い事のときに食べるという。多くは輸出され、日本は良いお得意さんだそうだ。イギリスではフライにして、フィッシュ・アンド・チップスになる。オヒョウは、カレイの仲間で、冷たい海の底に住み、大きいのは二メートル以上になる。七、八〇メートルにも及ぶ延縄《はえなわ》を海底にたらす。ロープの先に鉄の板をつけ、一メートル間隔に釣り針を五〇本ほどつける。そしてその手前に重りとなる石を結わえつける。餌をつけ、厚い海氷を割って、そこから鉄板が潮流にのって流れていくように、少しずつ仕掛けを下ろしていく。二、三時間たったら縄が絡まないように引き上げる。かかったオヒョウは、氷の上でばたばたしたかと思うと、すぐ冷凍になるという。

午後、首都ヌークに移って、ホエール・ウオッチングに挑んだ。大きな氷山はここにはないが、ボートの左右、前方には、大小さまざまな無数の氷片が浮かぶ。そのひとつひとつの異なる形と色を楽しみながら、ひたすら海面を見つめる。ボートはいつの間にか氷片が流れ込む入り江から離れ、フィヨルドに沿って進む。グリーンランドは島全体がぎざぎざの海岸線で囲われ、その総延長は、赤道に相当するという。港に戻ったとき、四時間が経っていた。結局鯨も、あざらしも現れなかった。しかし案内人の顔には、何の表情もなかった。

天候、風向き、波の動き、海を渡る霧、海鳥の行動などで、現地の人には鯨がいそうもないことは分かっていたようだ。彼らにとって、獲物が捕れぬ日があること、それが何日も続くことは至極当然のことなのであろう。観光客の期待に応えられなかったとしても、それは自然が、神が決めたことなのだ。

考えてみれば、四時間の間に見た動くものは、時おり海面すれすれに飛ぶ海鳥だけだった。文字通り氷と、海と、空があるだけ。すべてが冷たく、美しく、静かに存在するが、生命の暖かさがない。真夏ですらこうだ。真冬の状況は想像もつかない。今でも離れた村に住む人々は、一人乗りのカヤックをあやつりながら、あざらしや鯨を求めて冷たい海を漕ぎまわる。マイナス三〇度の氷の上で白熊を追う。生命の危険と常に隣り合わせだ。オヒョウ釣りでも、大きなオヒョウが暴れて、穴から海へ引きずりこまれて命を落とすこともあるという。朝見た魚市場の光景を思い出した。そしてエリックが、鯨も、あざらしも、その身はすべて無駄なく食べられ、ランプ用油や工芸品など大切に使われると言っていたことの意味が分かった。生死を賭した戦いの末獲得した獲物に対する感謝の念と、次の猟へのつつましい願いがそこにはある。一見むごい行為の裏にあるのは驕りではない。死と隣り合わせの生活には、突き詰めた合理性があるだけだ。

ホテルに帰って暖かい食事をしながら、ほっとすると同時に、何か後ろめたさのようなものを感じた。我々は、肉でも野菜でも、欲しい食料はいつでもスーパーで手に入れることができる。きれいにパックしてある。日本で食べるオヒョウは、そのグロテスクな姿も、氷の上でのたうちまわる様子も、そこで氷を赤く染めながら捌《さば》かれていく状況も省略された、きれいな白い小片としてのみ存在する。

現代の社会システムはあまりに便利で、安全で、清潔だ。文明の皮を一枚はがせば、そこには制御することなど全くできない極寒の自然があり、人間はあまりに小さく弱いことを我々は忘れている。その中で毎日を生きていくとはどういうことか、そのために動物を殺すとはどういうことか、殺した動物はどうすべきかなどを考えることが、今は全くない。現代社会における絶対的価値観となった人権、動物愛護、環境保護という言葉が、何故か空虚に感じられた。

（二〇〇九年九月）

クラウド・ベリー・クレープ

ノーベル博物館を出て、一三世紀の古い街並みを歩き始めたとき、携帯電話が鳴った。デンマーク駐在のスウェーデン大使からだ。コペンハーゲンで、最も尊敬されている外交官のひとりだ。彼は、「あなたは確か今ごろ、ストックホルムをご家族で旅行中と聞いた。短時間で良いので、是非娘に会っていろいろな話をしてやって欲しい。娘も、街の見どころや、レストランなどについてお教えできると思う」と、丁寧に言った。

大使の娘さんとは直接電話で打ち合わせることにして、その地域の古いレストランに入った。石造りの大きなレストランで、ロウソクの炎が店の雰囲気を盛り上げる。壁には、建設に携わった大工の指の跡が残っている。注文した前菜に、見たことのないコハク色のベリーのジャムがついてきた。甘さも、苦さも、マーマレードほど強くない。店の人は、スウェーデン名産で、英語で「クラウド・ベリー」というと教えてくれた。ジャムとして保存し、アイスクリームに添えたり、クレープの中身に使うそうだ。

このベリーは、スカンジナビア半島など北半球の北部だけにみられるもので、生産量は少ない。北海道を中心に日本にもあり、発見された地名をとって幌向《ほろむい》苺と呼ばれている。地味の貧しい北欧地域では貴重な食料であり、この苺をめぐる争いが絶えなかった。おまけに熊が好み、実が大量になっている場所には、必ずといって良いほど熊を見たという情報が伝えられたという。もっともこれは地元の人が、よそ者を近づけないために流した偽情報だったという見方もある。このベリーをめぐる争いは国境を越え、「クラウド・ベリー戦争」ともなった。一時スウェーデンの外務省に「クラウド・ベリー外交」を担当する部局がつくられたそうだ。

ストックホルムの街は、実に美しい。狭い海峡を挟んで、王宮や大聖堂が見える。その右には国会議事堂や市庁舎の塔、左には国立博物館などが一望の下に見渡せる。港にはさまざまな船が行き来し、人々は明るく、リラックスしている。安全、平等、人権尊重、男女同権などに裏づけられた平和がそこにある。しかしそれは一朝一夕にできたものではない。スウェーデンでは、ヴァイキング時代を経て、中世初期にキリスト教が徐々に定着したが、一四世紀末、王と貴族の対立に乗じてデンマーク・ノルウェーの女王マルガレーテがスウェーデンを事実上配下に治め、いわゆるカルマル同盟が成立した。しかしデンマークによる支配への抵抗は断続的に続いた。一五二〇年、デンマーク王クリスチャン二世が武力によってスウェーデン王となり、ストックホルム城で祝宴が開かれたとき、多くのカルマル同盟反対派の高位聖職者や貴族が処刑される「ストックホルムの血浴」が起こる。それは翌年の、グスタフ一世ヴァーサ王による反乱を招き、デンマークからの独立につながった。

スウェーデンはその後東方に進出してバルト帝国をつくるが、やがてロシアなどとの北方戦争を経てバルト海の支配権を失う。ナポレオン戦争の際はロシアに攻撃されてフィンランドを失う。その後は一八一四年にロシアと組んで、デンマークからノルウェーを割譲させることに成功するが、一八六四年にはデンマークと組んだシュレスウィッヒ戦争でドイツに敗北した。こうした隣国との覇権争いの歴史を経て、スウェーデンは次第に大国への野望を捨て、二〇世紀はじめにはノルウェーの平和的独立を認めるなど、他の北欧諸国と共に中立・平和の道を歩み始めた。戦後は一九五三年、北欧五カ国は北欧理事会を結成し、実用的な統合を目指した。北欧が一八一五年以来、相互に国家間の戦争を行っていないことは、「ノルディック・ピース」ということばで評価されている。

この北欧平和主義がそれなりに成功してきたのには、いくつかの理由がある。第一は、お互いに過去を忘れ、謝罪を求めないことに合意したことだ。安全保障問題は、北欧協力の対象でない。第二は、紛争から逃げるのではなく、調停に乗り出すなど積極的中立主義をとってきたこと、第三に、相互の多様性を容認しながらの緩やかな協力であることだ。こうした現実主義、野心を捨てた大人の外交政策は、厳しい気象条件や、大国に接する地理的条件の中で、自分の置かれた場を冷静に見極めることを通じて定着した。同時にこれと平行して、国内では郷土意識が強まった。

ストックホルムの名所はこうした歴史を教えてくれる。国王の命令で大砲を余計に積み過ぎたために、一六二八年進水直後に転覆した悲劇の軍艦ヴァーサ号を引き揚げてつくった博物館はそのひとつだ。市庁舎は、ノーベル賞授賞式後の晩餐会会場として知られているが、その塔の高さは一〇六メートルで、その一八年前に完成したコペンハーゲンの市庁舎より一メートル高いというガイド嬢の表情には、デンマークへの対抗意識が覗いていた。各地の民族的建築物や動物を集めたスカンセン野外博物館は、スウェーデン人の郷土意識の強さを物語る。

大使の娘さんとは、夕方ホテルのカフェで落ち合った。夕食は彼女が帰りがけに教えてくれたレストランに行った。そこに「クラウド・ベリーのクレープ」があった。彼女は一児の母で、ハーバード留学後、金融担当記者として活躍している才媛だ。それでも隣国の大使という気を遣うポストにいる父親にとっては、いつまでも頼りなく、心配で、自分の人脈を少しでも仕事に役立たせてあげたいと思うのであろう。コペンハーゲンに戻ってランチに招いたとき、娘さんのおかげでクラウド・ベリーのクレープが食べられたことに話が及ぶと、厳しい大使の相好がいっぺんに崩れた。公の場では見ることのない父親としての大使の人間性を知ることで、お互いに親しみが増した。厳しい気象条件の中でけな気に実るクラウド・ベリーは、北欧型の現実的外交政策の下ではもはや戦争の原因ではなく、各国との関係強化に役立つ、新たな「クラウド・ベリー外交」を担うようになった。

（二〇〇九年一〇月）

猪のステーキ

「室内楽の良さを本当に味わうには、機械音にあふれた都会ではなく、静かな自然の中でなければならないと確信したからです」

フィンランド人らしい真面目な顔で、しかし自信をこめて彼は言った。

ヘルシンキの北六〇〇キロ、ロシアとの国境に近い、森の中の小さな街クフモ。夕食の席で、キマネン氏になぜ三九年前にこの音楽祭を始めたのかを聞いたときのことだ。彼はパリでチェロを勉強しながら、都会の喧騒の中でクラシックを味わうことの限界を感じ、幼い頃に来たことのあるクフモで音楽祭を開くことを思いついた。ここは空港もなければ、鉄道も通っていない。地元の音楽協会の協力で始めてはみたものの、資金が全く集まらず、初回の演奏会に来た客はわずか八人だった。それが一〇年後は九〇〇人に膨れ上がる。そうした苦労話は、拙著『文化外交の最前線にて』の中で、キマネン氏と行った対談に登場する。そのとき以来、いつかはこのクフモ音楽祭に来なければならぬと心に誓っていた。それが実現したのだ。

その前日、クフモに着いてホテルで夕食をとった。窓の外は森と湖。飛行場からの二〇〇キロのドライブ中に見たのもそれだけだった。国土の九％が湖、七〇％以上が森林だという。食べたのは猪のステーキ。猪はアジアと欧州に広く生息することもあって、いろいろな伝説に登場する。共通しているのは、勇猛さや走る速さにまつわるものである。猪を素手で捕獲することは力の象徴になった。ギリシャ神話のヘラクレスは、ゼウスの妃ヘラによって気を狂わせられて子供を殺してしまったが、その罪をあがなうため、一二の功業を行う。そのひとつがエリュマントス山の巨大な猪の生け捕りである。日本でも、素手による猪の捕獲を成人男子の資格とみなしたことがあった。

ゲルマン神話の女神フレイヤは猪にまたがっている。陽炎《かげろう》を神格化した仏教の女神で、護身や勝利をつかさどる摩利支天《まりしてん》も、猪に乗っている。素早く疾駆するさまをこの動物に喩えたようだ。フランスの猛将ラマルク伯ギヨームは、ドラクロアの絵『リエージュの司教の暗殺』にあるように、「アルデンヌの猪」と呼ばれていた。ベルギーのアルデンヌ地方には、そのままの名前のレストランがあり、猪などジビエ料理を出す。北欧やイギリスでは、クリスマスに猪の頭を供えた。今でもオックスフォード大学のクイーンズ・カレッジでは、クリスマスに猪の頭を食べる。かつてカレッジの学生が、アリストテレスの本を読みながら近くの森を歩いていると、突然猪に襲われる。そこでとっさにもっていた本をその喉に投げ入れて、「ギリシャのために」と叫ぶと、さしもの猪も息絶えた。理性が暴力に勝ることの象徴とも、猪はギリシャ語の難しさに降参したとも言われる。出てくる猪の頭は、口にりんごをくわえている。りんごは書籍と同様知恵や理性の象徴なのだろう。日本でも、猪は六七五年の食肉禁止の詔の対象にはなっていないばかりか、山の神の賜物として感謝する儀礼が各地に存在するように、古くから狩猟の対象であった。縄文時代の遺跡から出土した獣骨の中では、鹿に次いで猪が多い。

フィンランド人の祖先は、ウラル山脈の西から移動し、船でフィンランドに上陸し、先住民のサーミ人を北に追いながら定着していった。その後スウェーデンやロシアなどに長い間支配されただけに、郷土愛が強い。それを大いに盛り上げたのが、民族叙事詩『カレワラ』だ。一八三五年、医師だったE・リョンロートが、辺境の地カレリアの山野を訪ね歩きながら、農民詩人に長く語り継がれてきた物語詩を編集した。五〇章からなる雄大な詩編で、天地創造、英雄伝、悲話、呪術などに、古代フィン人の素朴な宇宙観が集約されている。これは後の国民文化に多大な影響を与えた。とりわけシベリウスは、大きなインスピレーションを受け、デビュー作となった「クレルボ交響曲」やフィンランドの第二の国歌といわれる「フィンランディア」など、その作品の根底には『カレワラ』に基づく祖国愛がある。

一方北に追われ、トナカイの遊牧をしながら、フィンランドやノルウェーなど四つの国にまたがって暮らしている少数民族サーミ人にも、ヨイクという民族音楽がある。それは国家をもたぬ彼らのアイデンティティーを支え、信仰にも似た心のよりどころとなっている。呪術的な要素の中に、清らかな祈りと自然に対する畏敬と愛着が込められている。トナカイとの関係で、一年を八つの季節に分けるという彼らもまた、豊かな森の中での自然との接点は、音楽にあるようだ。

キマネン氏自身は、バイオリニストの淑子夫人と共に、森の中の教会で演奏会を行った。バッハや、ハンガリーの民族音楽家コダーイに加え、やはりシベリウスを弾いた。一〇歳のときに作曲したバイオリンとチェロのための「水滴」だ。窓の外に広がる木々を見ながら、美しい弦楽器の和音を聞いて、これこそキマネン氏の世界なのだと納得した。

フィンランド人にとって自然は人生そのものなのである。パリには人工的華やかさはあるが、真のやすらぎはない。フィンランドの建築や家具が、木をうまく使い、自然の中に溶け込むようなデザインを旨としているのも頷ける。キマネン氏に夕食をご馳走になった小屋も、森の中に気に入った丸太小屋があったので、買い取ってそのまま音楽会場のそばに運んできたものだそうだ。

森の中に棲む動物の中で、猪は、熊、ヘラジカ、狼、アナグマと共にフィンランドの「ビッグ・ファイブ」として親しまれている。厳しい気候の下では、鹿や猪は重要なタンパク源となる。森と湖の国で、有機野菜と共に食べる猪は、豪華なフランス料理でも、ファスト・フードでも味わうことのできない、素朴な自然のにおいに満ちた味だった。ここでは建築も、音楽も、食べ物も、すべて自然とのコンタクトの一環であり、それを通して自然に包まれていると感じることが何よりの幸福なのだ。

（二〇〇九年　一月）

ラズベリー畑と風車

倉庫に入るや、新鮮で、甘い香りに包まれた。深呼吸すると、なんともいえぬ幸福感に満たされる。数時間前に摘み取られ、出荷を待つだけの苺とラズベリーの箱がところ狭しと積んである。さっき畑でラズベリーを摘んだときの感覚と感触が戻ってくる。

ラズベリーを最初に栽培したのは古代ギリシャ人だ。イダ山の斜面一面に生えているので、イダエウスと呼ばれていた。ギリシャ神話では、まだ子供だったジュピターがあまり大きな声で泣くので、クレタ島のメリッソス王の娘である妖精イダが彼をなだめるために、ラズベリーを摘もうとした。ところがその棘で胸をひっかいたために、もともとは白かったラズベリーを真っ赤に染めてしまい、それ以来この実は赤くなったという。欧州で好まれ、野鳥料理などのソースに欠かせない。

デンマークでも夏にはラズベリーが市場に一斉に並ぶが、最も有名な産地はこのサムソ島だ。かつてはヴァイキングたちが集合する場でもあった。しかしいまこの島がメディアや研究者に注目されているのは、この島が再生可能エネルギーにより、電力の一〇〇%を自給自足でまかなっているからだ。石油危機でエネルギー自給率の低さに危機感をもったデンマークは、再生可能エネルギーの導入、つまり石油や石炭のような化石燃料に頼らぬ社会づくりを始めた。それに最も成功したのがサムソ島で、その中心は風力発電。十一基の風力発電機で島の電気の需要を一〇〇%まかなっている。また地域暖房の七〇%は、太陽エネルギーと、木屑や麦わらの燃焼によって供給されている。

風力発電機に昇った。狭い筒の空間。垂直のはしごを、一歩一歩上る。先端は地上百メートルを超える。タービンを回す羽根を目の前で見て、その大きさと回転のスピードに仰天した。見渡す限りの麦畑、ラズベリー畑と森。海のかなたには洋上風力発電機が見える。青い空と白い雲。そこには風が満ちている。それを頬で感じながら、ふと風とは何か考えた。

風は自然の中で大きな役割を果たしている。多くの花は花粉を風に運んでもらう。ある植物の種には、風に乗りやすいような工夫が施してある。動物の雄と雌の出会いにも、ライオンによる狩りにおいても、風の役割は大きい。行動範囲を広げ始めた人間の生活も風なしには考えられない。農民も、船乗りも、ゴルファーも。風は古来人間の想像力をかきたて、神や精霊が起こすと考えられた。シェークスピアの『テンペスト』は、弟に追放された前ミラノ大公プロスペローが、空気の妖精エアリエルに嵐を起こさせ、弟とナポリ王らを乗せた船を自分のいる島に漂着させる。

日本でも、古代から風は目に見えない霊的なものの去来と考えられた。風を擬人化したものが風神で、俵屋宗達の『風神雷神図』にあるように風袋をもっている。東北地方では大陸から吹く冬の風は悪霊によるものとして漁師に恐れられ、二百十日前後に来る台風は、稲作を生活の糧とする農民の強い関心事であった。宮沢賢治の『風の又三郎』では、九月一日、ある村の小学校に謎の少年が転校してくる。それが伝説の風の神なのか否か分からぬままに、十日後に彼は台風とともに去っていく。他方、「神風」もある。『源氏物語』の「明石」では、前播磨守入道が、夢のお告げで、暴風雨の中で難儀している光源氏を救うべく須磨に向かおうとすると、「あやしき風細う吹《ふき》て」（不思議な風が細く吹いて）須磨へと運ばれる。そして須磨を出るときも、同じような風が吹いて、飛ぶように明石へ着く。

しかし人は、風を恐れるだけでなく、利用もしてきた。風車はインドや中国で脱穀や製塩のために使われ、やがてオランダの有名な風車ができた。ただ風の特徴である「気まぐれ」

が、動力源として制約条件となった。「風の吹くまま」に任せたのでは、電力の安定供給はできない。一旦駆け抜けていった風は、もはや戻ってこない。「これから私はどうしたらいいの」と聞くスカーレットに対し、「知らないね、勝手にするがいい」と言って去っていくレット・バトラー。『風と共に去りぬ』の著者マーガレット・ミッチェルが最初に書いたのがこの部分だというのは、象徴的だ。しかし二一世紀の世界では、こうした風のもつ欠点をどのように乗り越えて、無料かつ無尽蔵の風を有効に使うかが問われる。コペンハーゲンでの十二月の気候変動会議の結果を実施するには、どの社会でもサムソ島にならった社会構造の思い切った変革が必要だ。それができるのは政治である。風向きへの敏感さにおいて政治家は、ゴルファーにも、ライオンにも負けないはずだ。

しかし物理的現象に過ぎない風が、人間にもたらす希望や「風流」も大切にしたい。スカーレットは、挫折するたびに「明日は明日の風が吹く（tomorrow is another day）」と言って翌日に賭ける。『古今和歌集』に、「花の香を風のたよりにたぐへてぞ鶯さそふしるべには遣る」という紀友則の歌がある。風に花の香りを添えて、まだ山にいる鶯を誘う案内にしようというものだ。この歌は、『源氏物語』の「紅梅」にも使われる。自分の次女である中君を匂宮に嫁がせたい按察使《あぜち》大納言が、匂宮を鶯に、中君を梅にたとえて、匂宮を誘う歌を送る。匂宮は、自分は梅の香りに誘われるような身分ではないと卑下して、やんわりと断る歌を返す。

風のたよりは、携帯電話ができた今でも、いや今だからこそ、自然の中で文化に溢れ、お互いを傷つけないコミュニケーションの手段として大切にしたい。

中世では風の精霊はシルフと呼ばれた。風のように舞い上がる精で、その優雅なイメージは、バレエとも結びつけられる。ショパンのピアノ曲を管弦楽曲に編曲したバレエ『レ・シルフィード』はその一つだ。この精霊は、目に見えないが高いところを好むので、会うためには高い山か教会の尖塔に登れと言われている。サムソ島の風力発電の先端にいたとき、ラズベリーの香りで頬をなぜ、風の意味合いを教えてくれたのは、シルフだったに違いない。

（二〇〇九年一二月）

ベラセンターのフリカデラ

「各国ともエゴを捨てて、地球の環境を守るために協力しようではありませんか」

鳩山総理は演説の中でこう訴えた。二〇〇九年の一二月一八日、コペンハーゲンの国際会議場「ベラセンター」で開かれた会議ＣＯＰ15でのことだ。各国政府代表、経済界、ＮＧＯ、メディアなど四万五千人が参加し、最終日には一二〇人もの首脳が集まるという空前の大会議となった。

こうした大きな国際会議では不思議な力が働く。いろいろな作業グループの交渉や、全体会合が並行して開かれるが、それ以外にも多数の非公式な交渉や調整が行われる。ＥＵ、ＥＵ以外の先進国グループ、アフリカ諸国、Ｇ77と中国という途上国のグループなどが頻繁に集まる。数え切れない数の二国間会談も開かれる。記者会見場では各国の代表がいろいろなメッセージを発する。企業やＮＧＯがいろいろなサイド・イベントを行う。テレビや新聞がそれぞれの記事を流す。そのすべてを把握することは到底できない。みな断片的な情報に振り回される。どこかの首相が記者会見で新しい提案をしたらしい……など。しかしこうした噂をいちいち確認しきれぬままにどんどん時間が経つ。誰もが睡眠不足、情報不足でイライラしてくる。

そうしているうちにこうした個々の動きや相互作用が次第に膨らんで膨大なエネルギーとなり、まるで全体が巨大なアメーバのように動き出す。主催者や議長を含め、誰もその全体像をつかめず、ましてコントロールなどできない。それでもこれらを反映したものとして会議は何らかの文書に合意する。徹夜に次ぐ徹夜で全員意識が朦朧としていて、最終的に決定された文章のひとつひとつを順序だてて説明できる人は恐らくいない。ユネスコ、ＯＥＣＤ、ＷＴＯなど、いつも、どこでもそうだった。

こうした国際会議の雰囲気に負けずにできるだけよい交渉をするためには、議論の中身に通じること以外にいくつかの基本的な秘訣がある。事前にホテルと会議場の間を歩いて位置関係を頭に入れておく、会議登録は早めに済ませておく、携帯電話には予め必要な番号を入れておく、そして会議場内の会議室、主催国や会議事務局の控え室、主要国の代表団室、記者会見場、レストラン、それにトイレの場所を調べ、実際に行っておくことも重要だ。いざとなると混乱の中、自分ひとりで機敏に動き、情報をとり、仲間に報告しなければならないからだ。まわりにいる人に聞いても相手は知らないか、教えてくれない。下手すると間違ったことを教えられてしまう。誰もが四万五千人の群集の中で孤立するサバイバル・ゲームなのだ。

それでも完璧な準備はできない。ある日重要な会合が予定されている会議室に行ったことがないことに気づいて部下に聞いた。彼は念のためと言ってわざわざ自分で確かめに行ってくれた。「広い通路の途中の、〈デンマーク事務局〉という標識のある階段を昇ってすぐ左です」「通路の、上に渡り廊下があるところの階段を上がって……右でなく左だな?」「はい、その通り、上に渡り廊下があります、上がって左です」。その通り行ったが、そこではなかった。元の通路に下りて見回した。そこで気づいた。自分は通路の左にある階段を上がったが、実は右にも階段があり、そこにも〈デンマーク事務局〉と書いてあったのだ。それぞれの階段を上がったところは渡り廊下でつながっていた。自分も部下も正しかったが、ただ階段は自分が知っているところの反対側にもある可能性に二人とも思いが至らなかったのだ。あわてて駆け上がって間一髪間に合った。

会議中は、食事は早めに、食べられるときにとっておくことも重要だ。ベラセンターには、レストランが何箇所かにあった。デンマーク政府の補助で、ランチ定食が三〇クローネ（約六〇〇円）で食べられる。しかし一二時から三時の間はすべてに長い列ができることも下調べで分かった。ある日、朝から何も食べずに走り回り、いつの間にか四時を過ぎていることに気づいた。三〇分後には空港に行かねばならない。そこで調べてあったレストランに駆け込んだ。並ぶことなく、すぐ定食が手に入った。それはデンマーク名物の肉団子「フリカデラ」だった。牛やブタの挽肉に小麦粉、たまねぎ、コンソメ、コショウ等を加えて、サラダ油を入れたフライパンで焼く。やわらかく、しっとりとしているので、ソースなしで食べられる。会議中はどうしてもサンドウィッチに頼るが、パンは乾いていて食べにくい。それに徹夜が続いていると体がたんぱく質を要求しているのが分かる。しかし気が急いているからゆっくり肉を噛んでいられない。そんなときにこの肉団子はぴったりだ。栄養バランス、食べ易さ。味は二の次でいい。

フリカデラは比較的手軽に作れることから、デンマーク人の家庭でも愛されている。茹でたジャガイモと一緒に食べることが多い。会議期間中の土曜日に、日本人補習校のクリスマス会が開かれた。保護者たちが思い思いの料理を持ち寄って、子どもたちの劇をみながら仲良く食べる。そこにはこの肉団子がぴったりだ。空港に環境大臣をお迎えに行く直前だったので、どこかのお母さんが作ったフリカデラを頬張って飛び出した。

この年は気候変動関係のいろいろな会議やシンポジウムが、ここベラセンターで開かれた。勉強のためそのほとんどに出席した。会議では科学者、ビジネスマン、政治家などが、それぞれ異なる立場から議論を展開して面白かった。しかしランチのメニューはいつも同じだった。フリカデラだ。

今回の会議は難航の末、ひとつの文書を生み出した。総理は深夜や早朝もいとわず、最後まで妥結に尽力された。日本代表団を空港に見送った帰り、ベラセンターに立ち寄った。巨大な会議場はもぬけの殻で、取り残された展示物の一部や機材が隅に積んであるだけだ。レストランは跡形もない。静けさの中で思いを馳せた。あの喧騒は結局何を生んだのだろうか。そしてこの一年間、自分はここで何回フリカデラのお世話になったのだろう。まさに兵《つわもの》どもが夢の跡だった。

（二〇一〇年一月）

王室と鴨

車はゆっくりと進み、やがて赤レンガと青緑色の屋根の建物が正面に現れる。オランダ・ルネッサンス様式で、四匹の竜の尾を象《かたど》った螺旋の塔にも雪が積もっている。かつての穀物取引所だ。その隣にクリスチャンスボー城がある。一一六七年にアプサロン大主教によって建設され、コペンハーゲン発祥の地となったこの砦は、長らく王宮として使われた。今は女王陛下の謁見の場である。これからいよいよ恒例の、女王陛下主催の新年会がとり行われる。

入り口に直立不動で立つ衛兵。黒い熊の毛でつくった背の高い帽子を深くかぶっている。国旗をはためかせた車が門をくぐったとき、彼の目だけがちらりと動いてこちらを見た。中庭には騎馬隊が整列して迎えてくれる。零下三度。馬の白い息が霞のように流れる。玄関ホールから曲がって「国王の階段」を昇る。王宮府長官の出迎えを受けて、大きなタペストリーのかかった「騎士の間」に入る。燕尾服を着た大使たちの動きは心なしか優雅だ。毎週末テニスコートで見る大使も別人のようだ。夫人たちは思い思いの民族衣装を着て晴れやかだ。背の高いアフリカの女性大使の原色の衣装はひときわ目立つが、家内のシックな和服姿もなかなかだ。

外交団長の新年の挨拶、女王陛下のご答礼がつつがなく終わり、ひとりひとりそこに居並ぶ女王陛下、その夫君の王配殿下、皇太子殿下、同妃殿下と挨拶を交わしてから「ビロードの間」を通って「クリスチャン九世の間」に入る。そこでシャンペンをとって仲間と歓談する。奥には「玉座の間」がある。ある大使夫人がデジカメをとり出したら優しく注意された。音楽と共に先程の皇室メンバーがしずしずと入って来られる。

中世の貴族社会を思わせる室内のしつらえからふと目を窓の外に移す。しっとりとした雪に覆われた古い街は何かを思い起こさせる。雪が現実世界の色と音を吸収して、日や耳が時空を超えやすくなるからだろうか。忙しかった一年が永遠の中の一瞬にしか感じられない。

振り返るとボーイさんが銀のトレイをもって立っている。鴨のカナッペだ。思わず手を伸ばした。デンマークではクリスマスに鴨を食べる地域があるそうだが、女王陛下のご一家は元旦のディナーで何を召し上がったのだろう。それまで訪れたことのあるお城のダイニング・ルームを思い起こしてみた。ハムレットのクロンボー城などにある当時の晩餐会のテーブル・セッティングには鴨、カモメ、白鳥、さらにはアルマジロのような小動物の料理の模型が乗っていた。今でもこうしたものが出るのだろうか。二〇〇九年十月、国際オリンピック委員会（ＩＯＣ）の総会がコペンハーゲンで開かれたとき、女王陛下が主催された午餐会のメインは鴨のローストだった。肉料理にはいろいろあるが、王室には何故か鴨が似合う。

鴨の肉は世界で多くの人に愛されているが、中世では決して高級な食材とは思われていなかったようだ。あまり知的ではなく捕まえやすいのが原因かも知れない。野生の鴨の中でもヒドリガモというのはもっとものろまで、この種を指す英語の名前〝wigeon〟（ウィジョン）は同時に「愚か」を意味した。しかし一九世紀になって何人かの美食家が鴨の味に高い評価を与えた。ある者は、賢いオオホシハジロという鴨が水に潜って大好物のセキショウモという水草をとって上がってきたのを見計らって、それを横取りするようなヒドリガモが一番美味であると言う。鴨は日本でも古くから愛好され、貝塚から出る鳥の骨は鴨が多い。『播磨国風土記』に鴨の羹《あつもの》の話が出てくるが、これが文献に出てくる日本最古の料理だそうだ。ただし貴族や武家は雉《キジ》を珍重したようで、鴨は庶民に愛され、無上のごちそうの象徴となった。井原西鶴の作品にはしばしば鴨料理の名前が出てくる。ディズニーのドナルドダックが人気があるのも、あまり知的でなく、やかましく騒ぐところに人間味を感じさせるからであろう。鴨の騒がしさはどこでも同じで、マダガスカルには「鴨が騒ぐと蛙が怖がる」という諺がある。またフランス語で鴨は元々〝ane〟（アヌ）と呼ばれていたが、ロバを表す〝l'âne〟（ラヌ）と区別しやすくするため、クワッ・クワッという鳴き声の擬声として「カナール」という名前にしたという。

鴨にとって名誉な諺もある。彼らの得意技は泳ぎだ。そこでモンゴルには「カラスが鴨の真似をしようとして水に入って溺れた」というイソップを思わせる諺があり、中国には「大工の子はノコギリの引き方を知っており、鴨の子は泳ぎを知っている」というのがある。ジャン・ジロドゥーというフランス人作家の戯曲『トロイ戦争は起こらない』には、「女の不道徳は、鴨についた水ほど痕跡を残さない」という台詞がある。鴨の羽は水をはじき易いので、水から上がった途端にその痕跡がなくなるが、女はそれ以上に自分の不貞を隠すのがうまいという皮肉だ。

鴨料理に何を添えるかは東西で異なる。欧州ではローストにして苦いオレンジを添え、日本では何といってもネギだ。ネギのない鴨南蛮は考えられない。野生の鴨を最初に家畜化した中国人も北京ダックでネギと味噌を使う。

日本では江戸時代に幕府や大名家などが鴨場を設置して社交の場にしたが、明治以降は宮内庁が二つの鴨場を保存した。日本独特の猟法で、元溜《もとだまり》という池におとりの鴨を使って野鴨を誘い、餌でおびき寄せて網で獲る。今では獲った鴨には足環標識をつけて放し、養殖の合鴨を料理に出すそうだ。鴨場は在京の外交団が毎年楽しみにする貴重な皇室の社交の場となっている。

マガモは一夫一婦制を守り、またオシドリの夫婦のむつまじさも有名だ。しかし彼らは雄が主導権を握る。そこで欧州には結婚式の際に雄のマガモの尾の巻毛を花嫁の靴の中に入れておくと、夫は亭主関白になれるという伝えがある。もっと早く知っていれば……と悔やむ壮年男性も少なくあるまい。しかし既にレーム・ダック(足の悪い鴨の意味で、任期終了間近で権威を失った政治家などを形容するときに使う)になったいまでは手遅れだ。

(二〇一〇年二月)

鳩サブレー

そびえ立つ　大路の松は　なつかしき　昔を語り／由比ガ浜　波の遠音は　ゆくすえの
夢をはぐくむ／幸ありて　このよき里に……

（吉野秀雄作詞、山田耕筰作曲）

久しぶりの鎌倉。駅前から小町通りを経て、二の鳥居から若宮大路に入って進む。やがて正面に鶴岡八幡宮の漆の朱と背景の山の緑が、吹雪の一夜が明けた後の青空の下にくっきりと映えてくる。そして参道の左側には名物「鳩サブレー」で知られる豊島屋がある。その優しく、もろい歯応えと、口に広がる香りを想像した途端、この歌が耳の中で流れ始めた。これは五〇年以上前に通った鎌倉市立第一小学校の校歌で、文語調の歌詞には、子ども心に不思議な魅力を感じていた。それが突然蘇り、しかも暗唱できた。プルーストの『失われた時を求めて』で「私」が紅茶に浸したマドレーヌのかけらを口に入れたときに感じた「素晴らしい快感」とはきっとこんなものだったのであろう。

サブレーとはもともとフランスのノルマンディー地方で生まれたバターたっぷりのクッキーで、固ゆでした卵黄の裏ごしの粒が、ノルマンディーの砂のようであることから、砂を表すフランス語のサーブルが語源となったらしい。口に入れるとすぐ砕けるそのもろさが、紅茶に浸したマドレーヌとどこか重なる。この校歌を校庭で一緒に歌った友の顔を思い出しているうちに、いつの間にか連れのことをすっかり忘れて、ひとりですたすたと「八幡さま」に向かって足早に歩いていた。

鶴岡八幡宮は、源頼義が前九年の役で奥州を平定して鎌倉に戻り、康平六年（一〇六三）に石清水八幡宮を由比郷に勧請したのが始まりで、その跡は今「元八幡」と呼ばれている。少年時代を過ごした家からほんの数十メートルのところにある。その後平家打倒の兵を挙げて鎌倉入りした頼朝が、現在の小林郷北山の地に遷した。由比ガ浜まで一直線に続く若宮大路は京の朱雀大路を見立ててつくられたという。養和二年（一一八二）には政子の安産を祈願して参道が築き直され、現在は車道の中央の一段高いところに位置し、段葛《だんかずら》といわれている。近くの学校の生徒や観光客などで大賑わいだ。

その前々日、初めて日本を訪問し、鳩山総理との首脳会談を行ったばかりのデンマークのラスムセン首相が、何故忙しいスケジュールの合間を縫ってこの鶴岡八幡宮を訪れたのかは知らない。しかし彼は、実朝を暗殺した公暁《くぎょう》がその直前に身を隠していたと言われるあの大イチョウの勇姿を見た最後の外国首脳となった。翌三月一〇日未明、八〇〇年もの長い歴史を見つめてきた神木は、根元からどうと倒れた。雷のような大きな音がしたという。幹はほとんど空洞だったそうだ。まだ明けやらぬ闇の中、本宮に昇る大石段を避け、舞殿と古神札納所の間に倒れた。三〇メートルに及ぶ巨木が、時ならぬ風雪についに耐え切れなくなったとき、最後の踏ん張りで、人も建物も傷つけることのない時間と場所を選んだのだろうと、神社の関係者は声を詰まらせて言った。

倒れたイチョウの先端のすぐ横にある舞殿は、静御前が頼朝の命で舞を舞ったことで知られている。文治二年（一一八六）四月八日。すでに吉野の山で義経と別れて鎌倉に連れ戻された静は、「しつやしつ〱のをたまきくり返し昔を今になすよしもかな」と歌う。倭文《しず》と呼ばれた日本古来の布を織る麻糸を巻いた「おだまき」から糸が繰り出されるように、頼朝の世である今を、義経が栄えていた昔に戻すことができればという、切実な、しかしあまりに大胆な歌であった。これは『義経記』によれば、『伊勢物語』三二段で、男が昔の女に撚りを戻すことを求めて歌った「いにしへのしづのをだまき繰りかへし昔を今になすよしも哉」という歌を本歌とし、冒頭を静にかけて「しつやしつ」と言い換えたものという。

　またこれに先立ち静は「よし野山みねのしら雪ふみ分ていりにし人のあとそこひしき」と歌い、吉野で別れた義経への想いを歌った。これもまた『古今和歌集』の冬歌「み吉野の山の白雪踏み分けて入りにし人のおとづれもせぬ」を本歌とするもので、『吾妻鏡』はこの場面を「誠是社壇之壮観。梁塵殆可レ動。上下皆催二興感一」（神をまつる場でのすばらしい光景と歌に誰もが感動した）と描写した。

　吉野山での別れは能の『二人静《ふたりしずか》』にもなった。白雪をかぶる正月七日、吉野の野辺で若菜を摘む菜摘女の前に一人の女が現れ、勝手神社の神官に、自分の供養のために写経をしてほしいとの伝言を頼む。菜摘女が帰って神職にこの話をするうちに、次第に声が変わってくる。さきほどの女が乗り移ったのだ。女の霊はやがて自分は静御前であることをほのめかし、昔の舞の装束が神社の宝蔵にあるという。宝蔵を開けるとまさしくその衣装があった。桜文様のその衣装をつけて菜摘女が舞い始めると、そこに静御前の霊が同じ衣装で現れ、二人で同じ舞を舞いながら、義経が吉野山を落ちのびた様子や、自分が仇の頼朝の前で命がけで舞ったことなどを語り、やがて霊は、風に舞う花びらのように去っていく。二人の静が現身と魂のごとく同時に舞うところが見どころだ。優美な女性の霊の夢幻能で、いわゆる鬘物《かずらもの》のひとつだ。

この「二人静」は花の名にもなった。先端に二個の花穂を立てて白い小花をつける花で、あたかも二人の静が一体となって舞う様子にみたてた。それは小さく上品な和菓子の名にもなった。薄い紙に紅白の小さな落雁がひとつひとつ包まれている。このお菓子は普通「ににんしずか」と呼ぶ。口の中でとろりと溶ける上品なこの和菓子もまた、人を古《いにしえ》の想い出へと誘ってくれる。

帰りがけに鳩サブレーを買った。明治末期に鎌倉で生まれた鳩サブレーは、豊島屋初代久次郎が、崇敬する鶴岡八幡宮の本殿の掲額の八の字が鳩の抱き合わせであることにヒントを得て、サブレーのモチーフを鳩にしたという。鳩サブレーの箱の中に入っている小冊子にこうしたいわれが書いてある。題して「鳩のつぶやき」。どこかの首相のツイッターのことではない。

（二〇一〇年三月）

フランクフルト・ソーセージ

「まあいい、その時はそのとき、ソーセージをたっぷり食べればいいさ」

フランクフルト空港が猛吹雪のため、我々の飛行機のコペンハーゲン出発が大幅に遅れるとのアナウンスがあったとき、心配顔の家内に言った。行くだけ行って、もし成田への乗り継ぎ便に間に合わなければフランクフルトで一泊すればいい、翌朝最初の便に乗れば、東京での会議にはぎりぎり間に合うという判断だった。

飛行機は二時間半遅れてフランクフルトに着いた。乗り継ぎ便はもう出た後だったので、空港に隣接したホテルに泊まって、朝一番で市内の有名な屋内市場に行った。そこでフランクフルトで一番おいしいソーセージが食べられると聞いていたからだ。お勧めの牛肉のソーセージにトライした。赤みがかった大きなソーセージをお湯の中から出して半分に切ってくれた。やや歯ごたえがあり、絶品だった。ナイフとフォークでかしこまって食べるより、立ったまま、湯気の出ているのを指でつまんで、からしを無造作につけて食べるのがいい。お土産用にも買った。

ホメロスの『オデュッセイア』に脂身と血を詰めたヤギの胃袋というものが出てくるように、ギリシャ・ローマ時代から豚肉の塩漬けが食用にされていた。そして寒さが厳しい北部欧州では、冬はブタの飼料の確保が難しいので、種ブタ以外は塩漬けにして蓄えるようになった。十一月十一日の聖マルティン祭からクリスマスの間に大量のブタが処理されたという。こうしてソーセージは欧州に広がり、ウィンナやサラミなど各地域に独自ののが生まれた。「ソーセージの中身は肉屋と神様しか分からない（当事者以外の言うことを信じるな）」という諺も生まれた。フランクフルトはソーセージを初めて商品化したことで知られるようになった。そして牛肉ソーセージはフランクフルトの肉屋が一九世紀後半に考え出した。雪の降りしきるフランクフルトで牛肉ソーセージを立ち食いするのはどこか理にかなっていると勝手に納得した。

日本では江戸期に頼山陽などがオランダ人からこの奇妙な食べ物について聞いたらしいが、一八七四年に初めて英国人によってつくられた。日本でソーセージといえばドイツを連想するが、それは第一次大戦で捕虜として習志野俘虜収容所に入っていたドイツ人ソーセージ職人のひとりアウグスト・ローマイヤが、戦後日本に残って広めたからだ。「ローマイヤ」は高級レストランの代名詞となり、谷崎潤一郎の『細雪』にもその銀座店のことが出てくる。

空港に向かう途中、家内にせがまれてソーセージを持ったまま近くの教会を訪れた。中の装飾を見ていると、北部欧州の歴史と文化が彷彿として蘇ってくる。フランクフルトは、もともとライン河に注ぐマイン河の河畔という、ヨーロッパの交通の十字路だった。六世紀初頭にフランク族がアラマン族を撃退した際、マイン河を渡る地としてここを選んだ。フランク人が渡る場所という意味でフランクフルトという地名になったという。神聖ローマ帝国の下では皇帝の戴冠式の場となった。一七六四年皇帝ヨーゼフ二世が戴冠式を執り行ったとき、そこに幼いゲーテがいた。

ゲーテは、厳格な父の家庭教育により、ギリシャ語やラテン語をはじめ豊かな人文的素養を身につけた。二一歳でストラスブール大学に留学したときに会った哲学者ヘルダーの教えを受けて、当時の文芸運動「シュトルム・ウント・ドラング」(疾風怒涛)に身を投じ、多くの詩や戯曲、小説でその名声を確立していく。熱狂的な読者を集めた『若きウェルテルの悩み』はその頃の作品だ。やがて彼はアウグスト公の招請でワイマール公国の宰相となって、十年間にわたり社会改革に力を注いだ。その間のシュタイン夫人との恋愛はよく知られている。そして『イタリア紀行』、教養小説『ウィルヘルム・マイスターの徒弟時代』、自伝『詩と真実』など数々の名作を書いた。彼の関心は文学を超え、自然科学者として『植物変態論』、美術愛好家として『色彩論』を書くなど、その汎知学的スタイルを確立した。彼の深遠な思想が到達した究極の作品が『ファウスト』だ。主人公ファウストは「世界をその最も奥深いところで統《す》べているものを認識」するべく煩悶し、悪魔メフィストフェレスと命をかけた契約をする。グレートヘンとの恋などさまざまな体験ののち、彼は自由な土地に自由な民と共に住むことに理想と魂の救済を見出し、その瞬間に向かって契約の言葉「留まれ、お前はいかにも美しい」を発して倒れるが、その魂は天使に救い出される。不断の努力が神の愛を得るというテーマは、生命力あふれるゲルマンの精神とギリシャ古典が結びついたものだ。中学一年のとき初めて自分で本屋で買って貪り読んだ世界文学であった。ゲーテが日本に紹介されたのは一八七一年、ソーセージの紹介と同じころだ。森鷗外訳の『ミニョン』は若い詩人に大きな影響を与えた。

　ゲーテの作品は音楽と強く結びついている。シューベルトは、六〇〇の歌曲のうち『魔王』など七〇曲ほどをゲーテの作品に付けている。しかしゲーテは何故かシューベルトを無視していた。彼がその才能に気づいたのは、偶然ある客人から『魔王』と『旅人の夜の歌』

を聞かされたときのことだった。その素晴らしさに驚愕したゲーテは早速シューベルトとの面会を希望するが、彼はもはやこの世の人ではなかった。ゲーテは『エグモント』を曲にしたベートーベンなど当時の多くの作曲家に会っている。もし彼がシューベルトと会っていたら……と想像するのは楽しい。ゲーテの作品のうち『野ばら』と共に多くの曲が付けられたのは『ファウスト』だ。ゲーテ自身は、この作品に曲をつける権利があるのはモーツァルトだけと言ったそうだが、ベルリオーズの『ファウストの劫罰』、グノーの歌劇『ファウスト』など多数に上る。

ゲーテが生涯に発したこの膨大な知的エネルギーは一体どこからきたのだろうか。天才であったというだけではない。ソーセージを沢山食べたからでもない。それは時代の流れと、それをリードした各界の英雄たちと不断に与え合った知的刺激なしに語ることはできない。今回の出張は、三四人の欧州駐在大使が外務本省で一堂に会して、日欧関係などの外交問題を議論するためだが、そこでは金融危機など目先の問題だけでなく、歴史的視野に立った奥の深い議論をしなければならない。フランクフルトを襲った吹雪は、伝統のソーセージだけでなく、今の欧州の思想体系の奥にある一九世紀初めの北部欧州の英雄たちの時代に思いを馳せる思わぬチャンスを与えてくれた。

（二〇一〇年四月）

牛丼

「やあ、久しぶり。屋台のもの食べましたか？」

「エエ、ギュウドン　オイシイデス。コレ、ニホンノアジ　ナツカシイ……」

ナターシャは大きく笑って答えた。ランゲリーニ公園。今年もめぐってきた桜まつり。冬が寒く、長かったせいか、去年と同じタイミングなのにまだ花のつぼみは固い。天気予報で心配された雨は降らなかったが、風がかなりあった。アイスランドの火山の爆発が雨雲を吹き飛ばしてくれたのかも知れない。気温はやっと十度。それでもさすがデンマーク人、昨年を上回る人出で、思い思いの防寒具を身につけながら、芝生のそこら中にビニールが敷かれ、親子連れやコスプレの格好をした若者たちのピクニックが始まった。近くの海岸に座っているはずの人魚姫が上海に出かけていて留守なのに、観光客らしい団体も多い。同僚の大使たちも家族連れで来てくれた。

ナターシャは神戸の大学で日本の考古学を学んだクロアチア人の女性で、大学で知り合ったボーイフレンドがデンマークの世界一のコンテナ会社「マースク」社に勤めることになって、去年デンマークに来た。彼らの先生と私が大学の同期生だったご縁で紹介された。二人とも大の日本ファンで、初めての「コペンハーゲン桜まつり」を楽しみにしていたそうだ。寿司、カレー、和菓子などがある中で、迷わず牛丼を選んだという。

牛丼の原型はもちろん明治時代に始まった牛鍋である。牛肉にネギ、豆腐などをとりあわせ、しょうゆやみりんなどを合わせた割下で煮て食べる。明治政府の肉食奨励政策を契機に一挙に庶民の間に広がった。一八七一年に書かれた仮名垣魯文《かながきろぶん》の『安愚楽鍋《あぐらなべ》』では、「牛鍋食はねば開化不進奴《ひらけぬやつ》」と言われ、牛鍋は維新三年ですでに文明開化のシンボルになっていた。しかしこの料理はある意味で優れて日本的な食べ物である。そもそも肉食の元祖西欧では、肉は焼いて食べるもので、煮たものは内輪の食べ物だった。フランスでは煮た肉は家族の夕食料理で、宴会には必ず焼いた肉が出されたそうだ。いまでも煮たりゆでたりした肉料理はポトフ位だろう。日本でももともと使い古した農耕具の唐スキの上で肉を焼くことから「すき焼き」という名ができた。次第に鍋で煮るようになってからもその名は関西に残り、大正期になって牛鍋も「すき焼き」に統一されたらしい。カレーやカツ丼がそうであったように、肉を食べ始めた日本人にとってはご飯と相性のよい料理法を選んだのかも知れない。そのおかげでその大衆版たる、汁をたっぷりかけた牛丼はいまや安くて食べ易いファスト・フードの代表選手として、サラリーマンの一日のカロリーを支えている。

奈良時代以降肉食への忌避感をもっていた日本人は、文明開化とともにそのくびきから解放されたように肉食へと進み、肉を食べることはいわば現世の快楽の象徴になったようだ。前述の『安愚楽鍋』では、あぐらをかいて安い牛鍋を楽しむことで、文明開化の現実を無批判かつ安直に受け入れて楽しんでいる庶民の姿が描かれている。また形式的理想論の束縛よりも実生活レベルの真に重きをおいた、二〇世紀冒頭の自然主義作家のひとり国木田独歩は、『牛肉と馬鈴薯』において、牛肉を現実、馬鈴薯を理想に模し、馬鈴薯（理想）はビフテキ（現実）の付属物だという発言に対し、登場人物の上村に次のように言わせている。

「さうですとも！　理想は則ち実際の付属物なんだ！　馬鈴薯も全きり無いと困る、しかし馬鈴薯ばかりじゃア全く閉口する！」

ウシはもともと耕作用、搾乳用、生け贄用であり、本格的な食材になったのは一九世紀後半である。しかも牛肉はある意味で贅沢な食べ物で、飼料とする穀物の九割、タンパク質の八割が飼育の間に失われてしまう。それでも今や肉料理の代表になっているのは、その栄養価の高さと、力強さを感じさせる味であろう。現にビーフという英語には、筋力や努力という意味がある。〝beef up〟といえば軍事力などを強化する意味になるし、〝where is beef?〟とは、どこに「うまみ」があるのかという問である。こうしてみれば、欧米においても牛肉には、現実における利益や力、欲望を満たすものという含意があるようだ。肉食の先輩たちが言うのだから間違いなかろう。

牛肉料理のこうした歴史をみると、朝の通勤時にチェーン店で牛丼を流し込んで職場へ急ぐサラリーマンの姿は、いまの日本の社会の世相を映し出していることになる。血のしたたるステーキでなく、ばら肉や切り落とし肉を甘辛く煮込んだ牛丼であるところはどう解釈すべきなのだろう。良くいえばつつましい平和愛好家、悪くいえばやや闘争心の乏しい受身人間というのは読みすぎだろうか。

牛丼に欠かせないもの、それは紅しょうがだ。欧州では薬用として使われ、やがて香辛料となった。日本では薬味や吸口、煮物に使われ、また薄切りにして梅酢につけた紅しょうがが、甘酢につけた寿司用のガリは食卓でもお馴染みだ。ソース焼きそば、チャーハン、カレーなど、生粋の日本育ちでないが庶民に親しまれている料理には何故か紅しょうががつきものだ。赤の色が目に楽しく、また食欲をそそるのであろう。脂っこさを減じることで肉との相性がいいことは、ブタの生姜焼き、中国のチンジャオロース、イギリスのローストビーフにはホース・ラディッシュが添えられることなどからも分かる。

文明開化のシンボルだった牛鍋が、いまや牛丼というますます日本的ないでたちとなって庶民に親しまれるばかりか、若い外国人の日本ファンにとって現代日本の象徴となっていることはとりあえず喜んでよいであろう。「桜まつり」では、寿司のみならず牛丼やカレーなどの屋台はいつも行列ができていた。今年はずいぶん儲かったに違いない。牛丼だけでいくら儲かったのだろう。お弁当などと共に牛丼を扱っていた屋台の人に冗談半分に聞いてみた。見事な答が帰ってきた。

「どんぶり勘定なので分かりません」。

（二〇一〇年五月）

はしりハモ

つひに御車ども立てつづけつれば、ひとだまひの奥におしやられて物も見えず、心やましきをばさるものにて、かかるやつれをそれと知られぬるが、いみじうねたき事限りなし

（『源氏物語』「葵」）

祭に参議のひとりとして参加する光源氏を見るために、密かに混雑を押して行列を見にきた六条御息所《みやすどころ》だったが、その車が、こともあろうに正妻の葵の上の車に押しのけられて情けない想いをするのみならず、人目を忍ぶ姿を知られてしまうという耐え難い出来事と化してしまう。たまりかねた彼女は、その姿を遠くから拝することしかできない源氏の君

のつれなさを詠む。

影をのみみたらし河のつれなきに身のうきほどぞいとど知らるる

異性への愛は人を詩人にするが、その激しさがときとして怨念に姿を変えるのは千年前も今も変わりはない。平安貴族の生活を雅やかに綴る物語の中で、六条御息所が生霊となって葵の上を呪い殺す展開を、この「車あらそひ」は暗示している。その舞台となった祭とはもちろん葵祭。もともと六世紀欽明天皇の頃、凶作が続いたため、四月中酉《なかとり》の日に馬に鈴をつけ、人に猪頭《ししがしら》をかぶらせて走らせ、五穀豊穣を祈ったことが始まりという。古くは賀茂祭と呼ばれたが、平安中期は単に「まつり」といえばこの葵祭を指すほど人気があった。さまざまな盛衰を経て歴史を生き、いまは五月一五日に行われている。帰国休暇がこの時期にとれたのは幸いだった。

千年前と同様、今日も沢山の見物客が下鴨神社境内の観覧席に押し寄せた。祭の重要な一部である路頭の儀と呼ばれる行列は、勅使を中心とする本列と、未婚の皇女たる斎王《さいおう》に扮する斎王代や女官たちによる斎王代列から成る。総勢五一一名、馬三六頭、牛四頭、牛車二基の行列は、約一キロに及ぶ。いずれも王朝風俗をふんだんに楽しませてくれる。観客のお目当ては何と言っても十二単姿の斎王代であり、子どもたちにとっては牛である。行列は朝に御所を出て市中を練り歩き、下鴨神社から賀茂川の堤を北上して上賀茂神社に向かう。人も、牛馬も、御所車も、すべてが葵の葉をつけている。上賀茂神社の祭神である別雷神《わけいかづちのかみ》の母神が夢に現れて「我を祀るに葵を鬘《かづら》にせよ」と告げたのが始まりと伝えられている。

京都には前日に着いた。夕食はもちろん京料理。まだ早いかなと思いつつ密かに期待していたものがあった。ハモである。その淡白な味は決して大好物というわけではない。それより若鮎の塩焼きの方がはるかに好きである。その独特の味わいと尾ひれの芳ばしい香りが何ともいえない。しかしハモはいつしか京都への憧れの象徴となった。ウナギ科に属し、全長二メートルにも及ぶハモは、その大きな口や鋭い歯などお世辞にも京風の優雅な魚とはいえない。小骨が多く、料理人泣かせで、特別の「骨切り」という面倒な操作が要求される。二、三ミリ間隔で皮だけは切らぬように包丁を入れる。これを熱湯に通すと反り返って白い花のように開く。湯引きハモとか、牡丹ハモといわれる。梅肉を添えて食べたり、吸い物にする。生きたまま捌《さば》かないときれいに開かないそうだ。この技法は文献としては享保五年（一七三〇）の『料理網目調味抄』に初めて登場するそうだから、江戸時代に考案されたらしい。ハモ料理は祇園祭につきもので、その後の去り行くハモを「名残りハモ」と呼ぶと聞いてからすっかりファンになった。産卵のために下流に向う鮎を「落ちあゆ」というのと同様、食べ物が季節の中にしっかりと位置づけられている。

ハモの吸い物を前に、思い切ってかねてからの疑問を仲居さんに投げた。「名残りハモ」という言葉があるが、その前のハモ、とくに出始めのハモには特別の名があるのか。初鰹《はつがつお》のように。厨房から戻ったその仲居さんは、出始めのハモは「はしりハモ」、旬のころのは「さかりハモ」というと答えた。ますますハモのファンになった。

和食で大切なのは味や香りだけではない。食材の自然における位置づけと、そこに横たわる歴史やストーリー、そしてそれを何気なく提示する料理法と盛り付けなのである。そうした試みが長い時代の試練を経て、和食文化の洗練度を高めてきた。これは日本文化の粋でもある。日本人は季節々々の自然や味と香り、行事を究極まで楽しむが、去り行くものは追わない。自然は移ろい易いが、またいつかは戻ってくる。だからこそ、桜であれ、ハモであれ、それを愛でる一瞬一瞬が、流れる時間のどの過程にあるかを敏感に察知し、それに相応しい名前をつけ、歌に詠み、共感を抱きあう。待ち焦がれた「はしりハモ」は「旬」への期待を高め、「さかりハモ」にやがて来る「終わり」を感じる。そして「名残りハモ」

には過ぎし日とともに次の季節へと想いを馳せる。時が流れ、巡ることを素直に受け入れる。これが日本文化の枠をつくり、その潔さを育んできた。

関東ではハモがもたらす季節感は乏しい。江戸っ子には江戸っ子の季節感がある。小さな日本にしてそうであれば、洋の東西の文化の違いはどう理解し合えるのだろうか。とりわけ日本人にとっての「終わり」のもつ意味合いは説明し難い。清少納言は『枕草子』で、過ぎ去った葵祭やひな祭りについて述べている（第二七段）。

過ぎにしかた恋しきもの。枯れたる葵、ひひな遊びの調度……

行列を見たあと、光源氏のモデルとされる源融《みなもとのとおる》を偲ぶ渉成園や、紫式部邸宅跡の廬山寺など、『源氏物語』ゆかりの地を巡りつつ、上賀茂神社に行った。行列はすでに到着し、しおれた葵の葉がそこここに落ちていた。忙しい現代に悠久の昔を偲ばせてくれた一コマの終わりを語っていた。隣の駐車場に行くと、長い行列を終えたアルバイトさんたちが、平安貴族の衣装のまま大型バスで御所へと戻っていくところだった。この「終わり方」だけは見ない方が良かった。

（二〇一〇年六月）

地獄炊き

「さ、そろそろちょうど良く煮えてきましたよ。そのスパゲティーをすくい取るようなものでとって、タレにつけて召し上がれ」

店の女将は言った。やっとつながった携帯電話で、玄関に出て東京と長話をしてあわて戻ったときだった。長崎の新上五島町での昼食は、名物地獄炊きだった。

日本の三大うどんのひとつと言われる五島うどんは、讃岐うどん、稲庭うどんと比べて細い。国内産小麦粉を一〇〇%使い、三日かけて手で延ばし、熟成を繰り返すことで、特別のおいしさを出す。それをテーブルの中央に置いた大きな鍋で沸騰させたお湯にいれて煮る。ほどよいタイミングで、銘々の茶碗のつゆにつけて食べる。「アゴだし」というつゆで、昆布とアゴすなわち焼いたトビウオをつけこみ、みりんと醤油を足したものだ。それにとき卵を入れ、生姜やかつお節などの薬味を加える。五島の海と山などの自然の恵みを、そのまま、本来の味を生かすために丹精こめて仕上げたものだ。

古くからアジア大陸やヨーロッパへの玄関口だった長崎は、交易を通じた経済発展と、それに伴う異文化との接触・融合を経て独特の文化の成熟を遂げた。オランダ坂、グラバー園など長崎はしばしば異国情緒豊かな街と言われる。しかし長崎の魅力の中核をなすものは、異文化を吸収しつつ、伝統文化をはぐくみ育てていく地元のこだわりである。地獄炊きにもそれが感じられる。しかし同時に五島は、風力発電や電気自動車など、環境に優しい島という二一世紀型の島への転換にも積極的だ。

今回の長崎出張の目的は、いわゆる隠れキリシタンの教会群を見るためであった。長崎市や平戸市に加え、五島列島のいくつかの島を巡った。点在する離島には、木造の小さな教会がひっそりと建っている。それは欧州の様々な建築様式と日本の伝統建築を見事に融合したものだ。しかしその最大の価値は、禁教令の下で信仰を守ってきた隠れキリシタンたちが自ら建てたことにある。一五四九年のフランシスコ・ザビエルの鹿児島到着を契機として、キリスト教はイエズス会の宣教師たちの布教と、大村純忠らのキリシタン大名の庇護によって長崎を中心に広まった。しかし国の統治にとって危険とみなした秀吉のバテレン追放令（一五八七年）以降キリシタンへの弾圧が始まり、一五九七年の二六聖人の処刑、一六一二年の家康による禁教令により、宣教師は完全に追放され、教会組織も壊滅した。江戸幕府は禁教の高札《こうさつ》、踏絵や宗門人別改などの手段で弾圧を徹底した。

しかし驚くべきことが起こっていた。幕末の一八六四年、鎖国の崩壊の流れの中で外国人のみのために大浦天主堂が建てられると、そこに四人の日本女性が現れ、仏人プチジャン神父に自分たちがキリシタンであることをこっそり告げたのだ。そしてそれを知った信者が続々と集まってきた。いわゆる「信徒発見」である。ローマ教皇ピウス九世は、江戸幕府の禁教令の下で、神父も教会もないまま二五〇年もの間信仰が受け継がれてきたことに感激して「東洋の奇跡」と呼んだという。この間信者たちは幕府の追っ手を逃れるために不便な離島に移り住み、小さな集落をつくって漁業と農業で辛うじて生計を立てながら信仰を続けた。小型船で島から島へと巡る間、一四メートルの風速と、四メートルの波に船は翻弄された。携帯電話はしばしば「圏外」と表示されるほどだった。晴天の下で快速ボートで移動するときでさえこれだけの時間と揺れに耐えねばならないとしたら、当時のキリシタンたちの苦労はいかばかりであったろうか。彼らのたくましさとそれを支えた信仰の深さを語る言葉を知らない。

しかも彼らは外部にさとられぬように、家の奥に納戸と呼ばれる隠された部屋を設け、そこに神仏の祭壇を装ったマリア像や日本式の絵を掲げた。それは納戸神と呼ばれた。受胎告知やクリスマスの絵もあるが、説明されなければそれと分からない。

しかしまだ禁教令が残る中での「信徒発見」は新たな弾圧を招いた。「浦上四番崩れ」や「五島崩れ」と呼ばれているものだ。信者が完全な自由を得るには、明治政府の正式な宗門改の廃止、高札撤去を待たねばならなかった。それまでの彼らの苦難と苦痛の歴史は世界に比類ないものであろう。地元はユネスコ世界遺産への登録に向けて準備中だ。信者の多くは直ちにローマ教会に「復活」したが、一部はそれを拒み、先祖代々継がれてきた教えを守っている。彼らの信仰は長い年月の間に神仏や土俗宗教と混じって大きく変容していたのだ。彼らはいまでも密かにその伝統を守り続けており、「隠れキリシタン」は正式には彼らのことを指す。長崎にしかいないという。最終的にローマ教会に戻った人たちは「潜伏キリシタン」と呼ばれて区別される。

異文化との間断なき接触が生むエネルギーは文明を発展させるが、その陰には、必ず悲話があるのだ。長崎には蝶々夫人の話もある。彼女は第一幕で、結婚式を控えた日、愛する夫に対し「私はあなたと同じ教会で跪き、あなたと同じ神に祈ります」と歌う。親類はみな異教徒になった彼女から去っていく。そして第二幕の可憐なアリア「ある晴れた日に」になる。そこではいつかピンカートンを乗せた真っ白な船が着き、彼女がいる丘を目指して近づいてきて彼女を探すであろうと言う。だが何故かこうした彼の行動はイタリア語の未来形で表現され、それに対する自分の行動には現在形が使われている。この時制のズレと、最後の「私はそう信じて待っているわ」という台詞は、望みが叶わぬことを悟っていることを伝えている。これはオペラだが、歴史記録に残らない同様の悲劇が現実にも数多くあったであろう。

帰りがけに、港で五島うどんを買った。もちろんアゴだし付きのものだ。家では予想以上に好評だった。ファスト・フードに慣れた娘にもその味は格別だったようだ。世界の異なる文化との接触が深まり、悲喜こもごもに文明が発展していく中で、自然をありのままに取り込み、手間をかけて丹念につくったものを評価するという日本文化の枠は是非維持したい。

（二〇一〇年七月）

ボーンホルム島の海の幸

七月一日に帰国命令を頂いて、三八年にわたる外交官生活に終止符を打つことになった。荷造りを始める前にどうしても行っておきたいところがあった。デンマークの東のはずれの島ボーンホルム島である。ここはバルト海の入り口の真中に浮かぶ島で、面積は淡路島とほぼ同じだ。人口は四万三千人。この島の魅力は何といっても美しい森や海岸線などの自然だ。一方で大昔の恐竜の足跡があり、他方で島の東側の港には、ヨット・ハーバー、漁船が並び、ホテルの前にはクラシック・カーが横づけしているなど、バルト海の小さなニースといったところだ。

ここの名物は「ミセラ」というブルーチーズと燻製ニシンである。酪農が盛んで、良質で清潔なミルクと高品質のチーズができる。ミネラルをたっぷり含んだ潮風が良い牧草を育てるからだという。そして数百年にわたって島の漁師たちがバルト海で獲れるニシンを燻製にして保存してきた。いずれも漁業・酪農大国デンマークの中でも逸品とされる。

しかしこの島にどうしても来たかった理由はチーズでもニシンでもない。この島が環境に優しい島として最近一躍有名になっているからである。その陣頭指揮をとっているビジネスセンターの女性の所長リネさんに会った。三年前に「ブライト・グリーン・アイランド」という計画をつくり、二〇〇七年～二〇一四年の期間に「環境に優しい島」「持続可能な島」を実現すべく、官民一体となってインフラの整備や生活スタイルの変革を指導しているという。島には三五基の風力発電があり、また麦わらなどを使ったバイオガスによる発電などに意欲的に取り組んでいる。

何より印象的だったのは、これが住民主導であることだ。リネさんによれば、彼女がそもそもコペンハーゲンからこの地に呼ばれたのは、環境の街づくりが目的ではなかった。次第に若者が都会に出て行き、過疎化する島を如何にして活性化するかという課題を与えられたのだ。彼女は二〇〇人の島民をフェリーに乗せてまる一日議論させた上での結論として、島の特長である自然をフルに活用し、「緑の島」のモデルとして世界に発信することになったと言う。その証拠に、結婚して古い家を買い、それを自分の手で断熱材を使った家に改装している若者や、古い風力発電機を自分で改造して電力の半分をまかなっている技術者など、一般の市民から直接話を聞くことができた。彼らはいずれも長期的経済性を基礎にしつつ、環境に優しい島づくりに貢献しているという誇りをもっている。

こうした島を挙げての努力は早くも世界の専門家の知るところとなり、急速に訪問者が増え始めた。環境はそれ自体の価値のみならず、「ブランディング」として成功しているのだ。彼女はデンマークの東の離島というイメージを一八〇度展開させ、首都コペンハーゲンではなく、東方にある大きな市場、つまりロシア、ポーランド、ドイツなどを見て行動することにした。休憩時間に寿司が出てきた。それはニシンとタラの燻製のにぎり寿司だった。江戸前寿司の先入観がなければ、おいしいことに気がついた。発想の転換の重要性を感じさせる一日だった。

島の中央近くの丘にある見晴台に登った。するとその傍に金網で囲まれた大きなレーダーがあった。それはこの島がかつてはバルト海への海上交通を監視し、冷戦中はソ連の動きを監視する最適の軍事的要衝の地であったことを物語っている。バルト海の支配をめぐってはデンマークと周辺国が長年争った。この島に巨大な城の廃墟や、攻撃から守るために壁を厚くした教会などがあるのはそのためだ。ここはかつては兵士の島だったのだ。故郷から遠く離れた、かなり厳しい気候の小島で、祖国のために毎日海を見張り続けた兵士たちはどんな気持ちだったのであろうか。

こんなことを考えているうちに、最近訪れた長崎の五島列島を思いだした。島の規模もほぼ同じで、いずれも交易と共にこれからは環境で独自性を発揮しようとしている。しかも本土の端に位置し、周辺国との戦争の舞台となっただけに、かつては国の防衛の拠点でもあった。六六三年の白村江の戦いに敗れた日本は、唐・新羅の連合軍の襲来を恐れて九州沿岸の防備のために防人《さきもり》を置いた。主として東国の農民が駆り出され、過酷な条件の下で、壱岐、対馬、五島といった辺境の防備についたときの苦労は計り知れない。その数三千人という。そしてその気持ちを表した、世界でも稀有の記録がある。『万葉集』にある防人の歌である。正式には九八首ある。

父母が頭掻き撫で幸くあれて言ひし言葉ぜ忘れかねつる（巻第二〇）
我が妻はいたく恋ひらし飲む水に影さへ見えてよに忘られず（同）

いずれも文学的技法の巧拙は判断できないが、最初の歌は、いよいよ外交官生活を終えて帰る自分を、三八年前に引き戻す。両親は、一人息子を外交官という職業に就かせることには複雑な思いがあったに違いない。しかし英国に旅立つ私を見送ってくれたその笑顔は、ひとときも頭をはなれることはなかった。その後両親の体の不調を知るたびに胸が痛んだ。

二番目の歌にもあるように、水は自分と自分が想う人を場所を超えて結びつける不思議な力をもっている。『唐詩選』にも、辺境での防備につく将兵の思いを詠った王昌齢の「出塞行」という詩がある。

白草原頭　京師を望めば
黄河　水流れて尽くる時無し

コペンハーゲンの海や、家の前の湖がそうであったように、ボーンホルムの海も、故国のひとびとを映し出す。遠く離れた両親と、家族の世話のために任地と東京を何度も行き来しなければならず、今も日本にいる妻への想いが募る。しかしこれで外交官としての役割は終わるのだ。今度日本に帰れば、ずっと家族の傍にいられる。老いた両親もきっと喜んで迎えてくれるだろうと思うと、体全体から力が抜けるような気がした。

（二〇一〇年八月）

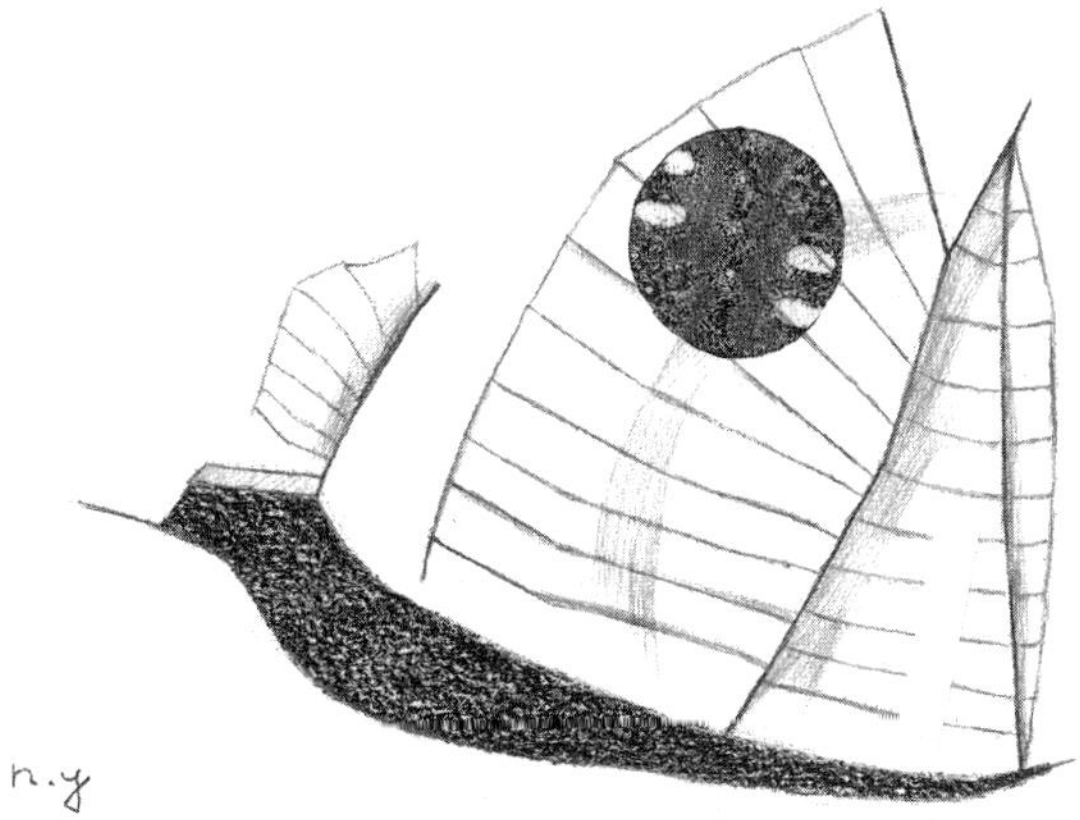

あとがき

毎日口にする食事、そこには人類が誕生以来積み重ねてきた叡智と愚行が刻み込まれている。それは人類の文化と歴史の宝庫である。

うれしいにつけ、悲しいにつけ、人は食事をする。老いも若きも、王様も平民も、殿様も商人も、社長も新入社員も。家で、レストランで、庭のテラスで、居酒屋で、ファストフードの店で。戦いに勝ったとき、負けたとき、外国の使節が訪れたとき、結婚式や出産のとき、長屋の隣人がぶらりと訪ねてきたとき、街のお祭りが終わったとき。そしてそこには必ず喜びや悲しみを分かち合う人がいる。女王陛下主催の午餐会に招かれたときは誇らしげな気分になる。家族や気の合う仲間とテーブルを囲むとき、自然に笑みがこぼれ、心が大きく開かれる。ひとりでラーメンをすするときも、必ず誰かのことを考え、そして元気になる。寂しさから解放してくれる。

何かを食べるとき、誰もが気にするのはそれがおいしいかどうかである。おいしいものを食べたい欲望において、身分や境遇の差はない。子供のころ学校から帰って真っ先に母に聞いたのは、その日の夕食のおかずは何かであった。母のつくった料理は何でもおいしいに決まっていたのに。パリ勤務時代、フランス人の友人にヌーベル・キュイジーヌと伝統的フランス料理とどちらが好きか尋ねたことがある。すぐに答えが返ってきた。「料理には二種類しかない、おいしい料理かおいしくない料理かである」。料理がおいしければ誰でも心がはずみ、会話が進み、相手との親しみが増す。ビジネスが進む。いざというときに備えて人脈をつくり、情報を集めておかねばならない外交にもなくてはならないパートナーだ。食事は人間が社会的動物である上で欠かせない。そしてそこに文化が生まれる。

おいしいものを食べるために、人は未知の食材を求めて航海し、料理に工夫を凝らしてきた。すべての民族が、住んでいる地域の気候風土の制約の中でベストなものを求めてきた。こうして食は生活そのものとなり、習慣となり、人のアイデンティティーに欠かせないものとなった。食は英雄たちの関心事となり、庶民の楽しみや苦しみの伴侶となった。こうしてすべての料理や食材は、人類が歩んできた歴史の語り部となった。そこには戦争と平和、繁栄と飢饉、宗教と王朝の衰亡がある。民族の誇りと個人の帰属感、恋愛と友情、希望と失意が織り交ぜられている。そこからは人が動物や魚、鳥たち、植物や木の実とどのように関わりあってきたかが浮かび上がってくる。そこに民族の自然観が宿る。

二〇〇六年秋、ユネスコ大使としてパリに赴任するに当たり『かまくら春秋』に外交と食に関する連載を書くことをお引き受けした際は、「どこどこの何がおいしい」といったグルメのエッセイが頭に浮かんだ。しかし赴任して間もなく、毎月のテーマとなる料理や食材のことを調べているうちに、次第に毎日の食事に新たな楽しみが出てきた。それは「おいしいかどうか」だけではなく、そこには「どのような人類の文化と歴史が刻まれているか」に耳を傾ける楽しみである。どのような料理や食材にも、必ず思いもかけなかったストーリーがあった。そのうちタネがつきるのではないかという当初の心配は無用だった。二年後にコペンハーゲンに移っても、この楽しみが増すことはあっても減ることはなかった。

三八年間の外交官生活の中で、次第に関心が高まってきたことがある。それは文化とは何か、何故人間には文化があるのか、何故それは地域により、民族により、そして時代により異なるのか。それは戦争や平和とどのような関わりをもってきたのか、文化は平和と繁栄に、人々の幸福にどのように貢献できるのかである。

これらの問いは、正面から取り組もうとしても到底手に負えるものではなかった。膨大な歴史資料や先人の知恵の集積の前にただ立ち尽くすだけだった。しかし目の前に何気なく置かれた料理や食材がささやいてくれるものは、わき道から、肩ひじ張らずに、人類の文化と歴史の世界の奥へ奥へと引き込んでくれた。毎月毎月テーマとしてとりあげた料理や食材が誘ってくれるままに文化や歴史に思いを馳せているうちに、あっというまに四年近くが経って帰国することになった。それまでに積み重なった四五のエッセイをまとめたものが本書である。外交官としての生活の中でも、大使という立場で国際機関と二国間関係に携わった最も有意義で思い出深い四年間において、仕事を離れ、肩の力を抜いて、好奇心の赴くままに過ごした夜と週末の、わずかだが楽しいひとときの集積といえる。

食べるものが「おいしい」だけでなく、「面白い」ものであることに気づいて頂ければ望外の幸せである。食を介して、日本人が受け継いできた自然観や季節感のすばらしさを再認識するきっかけとなればもっと嬉しい。

結びに、本書の元となった連載から今回の出版に至るまでの全行程を指導して頂いた「かまくら春秋社」の伊藤玄二郎代表、連載の原稿をきめ細かく、かつ効率的にチェックして頂いた桐島美浦さん、連載の後半部分のチェックと本書の出版についてのアイデアや文献リストの作成などの作業をして頂いた古正佳緒里さん、その他編集部のスタッフの方々にこの場をお借りして御礼申し上げる。

また連載のすべてにわたっておしゃれな挿絵で内容の不足を補い、読者の目を楽しませて頂いた上に、本書の装丁にもそのセンスをご提供頂いた柳澤紀子先生にも、心から感謝の念を表したい。

二〇一〇年一二月吉日

四年ぶりに年末年始を過ごす東京の自宅にて

近藤誠一

参考文献（掲載順）

『星の王子さま』サン＝テグジュペリ著、内藤濯訳、岩波書店、一九四六年
『萬葉集』新潮日本古典集成、青木生子ほか校注、新潮社、一九七六年
『日本書紀』坂本太郎・家永三郎・井上光貞・大野晋校注、岩波文庫、一九九五年
『エミール』ルソー著、今野一雄訳、岩波書店、一九六二年
『延喜式』虎尾俊哉編、集英社、二〇〇〇年
『荊楚歳時記』宗懍著、守屋美都雄訳、平凡社、一九七八年
『河海抄』吉森佳奈子著、和泉書院、二〇〇三年
『枕草子』新潮日本古典集成、清少納言、萩谷朴校注、新潮社、一九七七年
『七草草子』尾上八郎解題、山崎麓校註、國民圖書、一九二五年
『聖書』日本聖書協会、二〇〇〇年
『ペロー童話集』シャルル・ペロー著、新倉朗子訳、岩波文庫、一九八二年
『イリアス』ホメロス著、松平千秋訳、岩波書店、一九九二年
『ゲルマーニア』コルネーリウス・タキトゥス著、泉井久之助訳、岩波書店、一九七九年
『食べる西洋美術史――「最後の晩餐」から読む』宮下規久朗著、光文社、二〇〇七年
『ハディース』イスラーム伝承集成、牧野信也訳、中央公論新社、二〇〇一年
『コーラン』井筒俊彦訳、岩波書店、一九五七年
『無の科学――ゼロの発見からストリング理論まで』K・C・コール著、大貫昌子訳、白揚社、二〇〇二年
『虚無の信仰――西欧はなぜ仏教を怖れたか』R・P・ドロワ著、島田裕巳・田桐正彦訳、トランスビュー、二〇〇二年
『はてしない物語』ミヒャエル・エンデ著、上田真而子・佐藤真理子訳、岩波書店、一九八二年
『パンの歴史』スティーヴン・カプラン著、吉田春美訳、河出書房新社、二〇〇四年

『歴史』ヘロドトス著、松平千秋訳、岩波書店、一九七一年
『美味礼賛』ブリア・サヴァラン著、関根秀雄・戸部松実訳、岩波書店、一九六七年
『古事記』次田真幸全訳注、講談社、一九七七年
『巴里の空の下オムレツのにおいは流れる』石井好子著、暮しの手帖社、一九五四年
『トロイラスとクレシダ』（シェイクスピア全集）ウィリアム・シェイクスピア著、小田島雄志訳、白水社、一九八六年
『増訂華英通語』福沢諭吉訳、京都外国語大学付属図書館WEB版稀覯書
『外交』H・ニコルソン著、斎藤眞・深谷満雄訳、東京大学出版会、一九六八年
『ファウスト』ゲーテ著、相良守峯訳、岩波書店、一九五八年
『神の国』アウグスティヌス著、服部英次郎訳、岩波書店、一九八二年
『興奮する数学――世界を沸かせる7つの未解決問題』キース・デブリン著、山下純一訳、岩波書店、二〇〇四年
『ガリア戦記』カエサル著、近山金次訳、岩波書店、一九四二年
『雄鶏とアルルカン』ジャン・コクトー著、大田黒元雄訳、第一書房、一九二八年
『ハムレット』ウィリアム・シェイクスピア著、小田島雄志訳、白水社、一九八五年
『漢書』班固著、本田済編訳、平凡社、一九七三年
『史記』司馬遷著、野口定男・近藤光男・頼惟勤・吉田光邦訳、平凡社、一九六八年
『月曜物語』アルフォンス・ドーデ著、桜田佐訳、岩波書店、一九五九年
『沈黙の春』レイチェル・カーソン著、青樹簗一訳、新潮社、一九七四年
『創造的都市――都市再生のための道具箱』チャールズ・ランドリー著、後藤和子訳、日本評論社、二〇〇三年
『書経』加藤常賢・小野沢精一著、明治書院、一九八三年
『東方見聞録』マルコ・ポーロ、愛宕松男訳注、東洋文庫、一九七〇年
『民数記』秦剛平著、河出書房新社、二〇〇三年
『列王紀・歴代志』聖書講解全書、日本基督教団出版局、一九七二年
『恋愛論』スタンダール著、大岡昇平訳、新潮社、一九八六年

『失われた時を求めて』マルセル・プルースト著、鈴木道彦訳、集英社、二〇〇六年
『牛肉と馬鈴薯』国木田独歩著、新潮社、一九七〇年
『ウィンザーの陽気な女房たち』ウィリアム・シェイクスピア著、小田島雄志訳、白水社、一九八六年
『カレーライスの誕生』小菅桂子著、講談社、二〇〇二年
『三四郎』夏目漱石著、岩波書店、一九三八年
『インドカレー伝』リジー・コリンガム著、東郷えりか訳、河出書房新社、二〇〇六年
『ニシン文化史――幻の鰊・カムイチェップ』今田光夫著、共同文化社、一九八六年
『ハンムラビ「法典」』飯島紀著、国際語学社、二〇〇二年
『後漢書』范曄著、本田済編訳、平凡社、一九七三年
『人魚姫』H・C・アンデルセン著、高橋健二訳、小学館、一九七九年
『オデュッセイア』ホメロス著、松平千秋訳、岩波書店、一九九四年
『ブタ飼い王子』H・C・アンデルセン著、高橋健二訳、小学館、一九七九年
『西遊記』中野美代子著、岩波書店、一九七七年
『デンマルク国の話』内村鑑三著、岩波書店、一九七六年
『論語』吉田賢抗著、明治書院、二〇〇四年
『夏の夜の夢』ウィリアム・シェイクスピア著、小田島雄志訳、白水社、一九八五年
『ニワトコおばさん』H・C・アンデルセン著、高橋健二訳、小学館、一九七九年
『ハリー・ポッター』（シリーズ）、J・K・ローリング著、松岡佑子訳、静山社
『文化外交の最前線にて』近藤誠一著、かまくら春秋社、二〇〇八年
『カレワラ』E・リョンロット編、小泉保訳、岩波書店、一九七六年
『テンペスト』ウィリアム・シェイクスピア著、小田島雄志訳、白水社、一九八六年
『風の又三郎』宮沢賢治著、筑摩書房、一九八五年
『源氏物語』新日本古典文学大系、紫式部著、岩波書店、一九九四年

『風と共に去りぬ』マーガレット・ミッチェル著、大久保康雄・竹内道之助訳、新潮社、一九七七年
『義経記』高木卓訳、河出書房新社、二〇〇〇年
『古今和歌集』佐伯梅友校注、岩波書店、一九八一年
『吾妻鏡』新訂増補國史大系〈普及版〉、吉川弘文館、一九六八年
『細雪』谷崎潤一郎著、新潮社、一九五五年
『安愚楽鍋』仮名垣魯文著、岩波書店、一九六七年
『料理網目調味抄』嘯夕軒宋堅著、一七三〇年
『唐詩選』前野直彬注解、岩波書店、一九六三年

本書は月刊『かまくら春秋』二〇〇七年二月号から二〇一〇年一〇月号まで連載されたものに修正を加えたものです。

近藤誠一
（こんどうせいいち）

1946年神奈川県生まれ。1971年東京大学教養学科卒、1972年外務省入省。広報文化交流部長を経て、2006年〜2008年ユネスコ日本政府代表部特命全権大使。2008年9月から駐デンマーク特命全権大使。2010年7月30日より文化庁長官。2006年レジオン・ドヌール・シュバリエ章（フランス）、2007年ベルナルド・オヒギンズ・大十字章（チリ）、2010年ダネブロー勲章大十字章（デンマーク）受章。著書に『パリ　マルメゾンの窓から』『文化外交の最前線にて』ほか。

外交官のア・ラ・カルト
——文化と食を巡る外交エッセイ

著　者　近藤誠一
発行者　伊藤玄二郎
発行所　かまくら春秋社
鎌倉市小町二—一四—七
電話〇四六七（二五）二八六四
印刷所　ケイアール
平成二十三年二月十四日　発行

ISBN978-4-7740-0507-2 C0095